TENSEISHITARAKOJINN
RARETAMAMONOTSUKAI 1

PUBLISHED BY
EARTH STAR NOVEL

転生したら孤児になった！

魔物に育てられた魔物使い〈剣士〉 1

壱弐参

イラスト・濱元隆輔

キャスカ
自称、疾風のキャスカ。鼻水を垂れ流す、残念美少女。
マカオ
伝説の聖獣・騏麟。オカマ口調で喋るので、キモい。
セレナ
剛力自慢の美人なお姉さん。勇者になりたて。

スン
レウスの親友
であるスライム。
賢くて可愛い。
レウス
不慮の事故により、
現代日本から異世界へ
“好条件”で転生
した少年。
PERSONS
登場人物紹介
チャッピー
スカイルーラーと
呼ばれるドラゴン。
精神年齢は低い。

CONTENTS

TENSEI SHITARA KOJI NI NATTA!
MAMONONI SODATE RARETA MAMONO TSUKAI 1
PRESENTED BY HIFUMI ILLUSTRATION BY RYUSUKE HAMAMOTO

プロローグ

はい、初めまして。

俺の名前は宮崎剣人《みやざきけんと》、27歳。

大手製薬会社「ピュアドラッグ」に勤める、自称フツメンだ。

彼女は沢山いるが、素人童貞だ。

え……彼女？　小さい液晶世界に入れないし、出て来られない魔法がかかってるのさ。

勿論《もちろん》彼女達はそんな事実は知らないし、可哀相《かわいそう》でそんな事言えないっ。

素人童貞なのには理由がある。彼女達に魔法がかかっているのは仕方ないが、会社の上司に誘われてね。

行ったのさ、ヘルスに。

あぁ、ソープじゃないよ。

ヘルス、いわゆるホテヘルってやつさ。

つまり本番無しの性感サービス。

俺は上司の誘いを断れず、店内のいかついにーちゃんに写真を見せられてね。

可愛《かわい》かったさ、写真は。
俺が指名したアリサちゃん、21歳。
茶髪で細身、けれど出るとこは出てるDカップ。
どこにでもいるややギャル風の可愛い子。
ある程度はメイクで誤魔化してるのは知ってた。

けど……あれはあんまりだ。
あれは違う。
出てきたのは変身後のザ○ボンさんだった。
いや、茶髪だったよ？　写真のフェイス修整ってすごいね。ニキビが消えてるんだ。
本物は勿論ブツブツ。山脈と渓谷が沢山あって、俺の視線はえっちらおっちらだ。

気に入られたよ、なんかね。
出そうが出すまいが、早く終われと思ってね。
ずっとベッドの上で寝っ転がってたのがまずかった。
いつの間にかド○リアみたいな頭のゴムが、俺の息子に被《かぶ》せられてたよ。
で、いつの間にか入ってたよ。
ザ○ボンのダルンダルンの身体《からだ》が飛び跳ねてたね、俺の上で。

ド○リアとザ○ボンは相性が良いみたいだった。
そんな描写なかったのにね。
まぁ、これ以上は思い出したくないからさ。あとは想像に任せるよ。

ここからはついさっきの事だ。
ホント偶然だったんだ。
いつも通りいつもの電車に乗って、通勤してたよ。
都内某所にあるビル街を歩いてた。
会社まであと100メートルってところで事故が起きた。
俺にとっては事故、周りから見れば事件が正解かな？
あんな偶然ってあるんだね。
上から降ってきたんだよ。
女が。
俺と同い年位かな？
顔？　知るかよ。
ぐちゃぐちゃだったし。
俺のフツメンもぐちゃぐちゃだったけどな。
うん、通勤時間だったからね。人が多くてさ。

まぁ、そんな中にぐちゃぐちゃしたものが目の前にふたつあるわけよ？

ビル街がゲロ街になったよね。

なんか二人の異臭……というか死臭が気にならないくらいゲロ臭《くさ》かったと思うよ。

んで、ここで俺の意識もプツン。


死にたくなかったけどさ、死んじゃったもんはしょうがないよね。

まぁ、俺も運が悪かったたって事であきらめたけど。

そしたらさ、なんていうのかな、幽体離脱？

ふわって浮かびあがったんだよ、身体が。

……身体か？


目の前に雲に乗った爺《じじい》が現れたんだよ。

白い髭《ひげ》が印象的だったな。

長くてさ、踏んでるんだよ、自分で。

片手に杖を持って、ハンカチみたいなので禿《は》げかかった頭拭きながら俺に話しかけてきた。

「いや、申し訳ない。君、剣人君だっけ？」

「はい」

「ごめん……君、老衰で死ぬ予定だったのじゃが、ちょっと風神《ふうじん》と喧嘩《けんか》してしまってのぅ。その人が風で流されず、君にストライクしちゃったわけで……」


爺が俺と一緒に倒れている女を指差してそう言った。

風神と喧嘩……つまりこいつも神の中の一人って事か？

なんだストライクしちゃったって。日本語で話せよ。

ル○語出せばいいってもんじゃねーんだぞ。


「で、俺はどうなるんです？」

「生き返らせる事は出来ないんじゃが、転生《てんせい》くらいなら……」

なんだ、くらいならって。

こいつのくだらない喧嘩の為に俺は死んだのか。

ふむ、少しくらいのわがままなら許されそうだな。


「好条件で転生させてください。それで許します」

「具体的にどういう？」

「頭脳明晰《めいせき》、運動神経抜群、イケメン、長寿、良い家柄……、まぁこんなところで」

「相《あい》わかった」

そんなやり取りをしたのを覚えてる。

そしたら急に空が光って、何にも見えなくなった。


気が付いたら俺は茶髪のねーちゃんに抱かれてた。

あぁ、ベッドインじゃねーよ？

普通に抱っこされてたんだ。

中々良い乳してるねーちゃん。瞳も茶色くて色白、唇はぷるんぷるんでセクスィなうなじ。

好物件ですね。

そして隣にはシルクハットを被った黒髪ちょぼ髭のおっちゃん。

部屋の中でシルクハット被んなや。それ仕様なの？

なんか二人で喋ってるけど、何言ってるか解《わか》らねぇ。

鏡に俺が映ってる。良い具合に禿げちらかしたベイビーだ。

そうか、この二人が両親だな、把握把握。

中々に金持ちそうで、いいね。

ぐっじょぶ神。

◆

◆

——1カ月経った。

なんとかこいつらが喋ってる内容が解るようになってきた。

おはようとか、こんにちはとか、こんばんはとかその程度だ。

こっちも喋りたいけど、舌の神経がまだ弱いのか歯が生えてないからなのか、あーとかうーとかしか言えねぇ。

どうでもいいけど、親父がシルクハットを脱がない。あれ、髪の毛の一部？

とりあえず口の中で舌の体操でもしておこう。

——2カ月経った。

大体のヒアリングはオーケーだ。

相変わらず親父はシルクハット被ってる。

因《ちな》みにシルクハット親父はトム、お袋はジュリーだ。

名字《みょうじ》は知らない。

危なかったなおい。

まぁ、夫婦間では言わないいし、そのうち解るからいいんだが。

——3カ月経った。

俺をベッドに置いたまま隣でギシギシアンアンすんじゃねぇええよぉおおお!!
マジありえねーわ！　流石《さすが》に泣くわ！
いや泣いた。
行為が止まった。
ざまぁ。

――4カ月経った。
乳歯が生えてきた。
早いなおい。
お袋も気付いたみたいで、上唇をめくられる。
何度もビローンだ。
たらこ唇になるからやめろ、マジで。
仕方ないから口の筋力総動員で「まーまー」って言ってやった。
めっちゃびびってる。わろりん。
……シルクハットがずっと「パパ、パパ」言ってる。
マジめんどくせぇな。
その帽子脱いだら言ってやるよ。

――5カ月経った。

おい、神、話が違うぞおい。ここ、地球じゃない。

馬の脚6本あんぞ。初めての外出で気付いたわ。

さすがに1匹だったら珍種かな？　とか思うけど、2匹揃っちゃ疑う余地ねーじゃねーか。

ふざけんな。

マジで元母親にHDDの中身を見られないか不安になってきた……。

そして鬱《うつ》だ。


そんなワタクシ、今、馬車に揺られてます。

長時間揺られて、お袋もシルクハットも夢の中だ。

さて、そろそろ乳をしゃぶりたくなったぞ。

いっちょ泣いて起こしてやるか。

ふっ、子供は辛いぜ。


その時だった。

ガタンと馬車が揺れた。

ちょっとちびったけど、大丈夫。

実も出たけど大丈夫だ、安心してくれ。

……ごめん嘘ついた。大丈夫じゃない。
シルクハットの野郎が俺を落としやがった。
この二人、何で起きないの？
泣こうにも、身体が揺すられて、腹筋に力はいんねーよ。
やばいやばいやばいやばいやばい。
馬車の扉開いた。
御者《ぎょしゃ》の野郎、鍵くらい閉めておけよ。
……あ、落ちた。死んだな俺……。
幸い車輪に轢《ひ》かれる事はなく、芝生に落ちた。
めっちゃいてぇえええええええっ！
ツーバウンド目で田んぼ？に落ちたので、以降の痛みは少なかった。
痛い……けど生きてる。よかった。
あの揺れだ、気付いて拾いに来てくれるはずだ。
俺はゆっくり待ってやるぜ？

ごめん、嘘ついた！
おい、沈む！　沈んでくって！

ゆっくりとか言わず今来い！　今すぐ来い！
何だこの田んぼ、底なしか？
俺は底なしにはなりたくても、底なしに埋まるのは嫌なんだよ！
あぁ、頬まで埋まった。ギリ鼻呼吸。
セーフ。頭脳明晰の俺に死角なし。
…………止まった……？

……嘘ついた！　止まらねぇ！
あ、俺死んだわ……。
神殺す、マジ殺す！
神狩りだ！　髪も刈ってやんぜ！
あの爺、転生５カ月で死ぬとか何だよ！
長寿って言ったじゃん！
蟬《せみ》か？　土から這い出た蟬な感じなのか俺の寿命は？
確かにそう考えれば長い寿命だなおぃ！
あ、鼻埋まった。
さようなら。

◆　◆

俺、今日嘘つきだ。
生きてたわ。
なんか頭の両サイドから角《つの》が二本生えてるにーちゃんに救われた。
何、あの角？　山羊《やぎ》っぽい。肌も赤黒い。
……あぁ、メッサー○だ。
あの洞窟でレベル42まで上げたよ。
羽も生えてないし、たてがみも生えてないし、顔は人間なんだけど角生えて赤黒いわ。
髪は銀色、灰色の布一枚って感じ。
肩から布掛けて……なんか風呂でも造りそうな感じ。けど、なんか怖いな……。
え、これ食われないよね？
あぁ、助けてくれたんだから礼は言わなきゃな。

「あ、あいだどー」

……すまん。
泥が口に入ってるせいだ、許せ。

なんか無言なんだけど……やっぱ食われる感じ？
すっごい見られてる。
両脚摑《つか》まれて宙ぶらりん。おい、頭に血が上る。
股関節脱臼すっから、やめろマジで。
とりあえず泣くか……そう持つなと。

「あぁあああん！　あああああああぁ！」

どうだ、参ったか？
あ、めっちゃ見てる。すっごい見てる。
え、口開いた……。
食うのっ？　食われちゃうの!?

「ガァアアアアアアッッッ!!」

やばい、下腹部の中身全部出たわ。
布おむつの中は大惨事だ。
めっちゃびびったわ。何だあの牙。

硬口蓋《こうこうがい》通り越して軟口蓋《なんこうがい》まで牙あんぞ。
因みに舌の上にくる硬い部分が硬口蓋だぜ？
とりあえず黙るか。黙っといてやるよ。

「……」

お、相手も黙った。
わかったよ、降参だ。さ、行こうぜ相棒？
ところでさ、布おむつから汚物が下がってくるんだ。
逆さにしないでもらえないか？　今、腹部まで下がってきてるんだ？
あ、胸まできた……。
おいおいわかったよ相棒、我慢するさ。
で、どこまで行くんだ……いっ!?

え、何このスピード？　六本脚の馬も真っ青なスピード。
死ぬって。脚痛い。あ、顔に汚物きた。
……臭い。

5分位かな？

とりあえず相棒の集落みたいな場所には着いた。脚マジいってぇ。
あ、なんか女っぽい人が出てきた。相棒の妻かしら？
やるなにーちゃん。
……あ、引っ叩《ぱた》かれた。
俺の持ち方の注意を受けてるみたいだ。
お、ベビー服の首根っこ摑まれた。
頭頂部まで達した汚物が垂れてくるぜ。
あと、ちょっと喉苦しい……あ、また引っ叩かれた。
そんな日もあるぜ相棒。
女が持ってくれた。臭いみたいだ。
そらそうだ、すまんなベイビー。
とりあえず上った血は回復したぜ。
お、どこに連れてくんだ？
あ、あれは水場！　ＭＩＺＵＢＡじゃないか！
……おーちべて！
丸洗いだぜ。うんうん。臭みが取れていく。
とりあえずみんな銀髪だ。
このねーちゃんも口の中、牙だらけなのかな？

ちょっと口開けてみ？

どうやってレロレロってすんだ？

お？


……お、布おむつ交換してくれたのか！

ケツ周りが荒れるかと思ってたんだ。

デリケートな弱酸性だ。大事にしてくれ。

見た感じ、藁《わら》を積んだ内側を木で補強している風の家がたくさんあるな。

背中が痛くなりそうだ。覚悟しておこう。

とりあえずこのねーちゃんにも礼を言わなきゃな。


「あいがとー」

目を見開いてる。中々綺麗な瞳じゃないか。

血のような紅い色……え、何食べてるの？

もしかして俺、食べられてその紅い眼の養分になっちゃうの!?


——拾われてから1カ月、生後6カ月だ。

言葉全然わかんね……。

とりあえず俺を救ってくれたにーちゃんはドン。
救ってくれたねーちゃんはアンだって事はわかった。
この二人には2、3歳の子供がいる。男の子で名前はピン。
芸人にでもするのだろうか？
食事はなんかのミルクを木の匙《さじ》で飲ませてくれる。
なかなかうまい。おう、おかわりくれや。
……あ、終わりでしたか。

――拾われてから2カ月。生後7カ月だ。
頭良いなこの個体。……いや俺か。
日常会話くらいなら解る様になってきた。
どうやらこの方々は魔物と呼ばれる存在らしいっす。
魔物こえー。
まぁ、命の恩人だしな。礼は言っておくか。
「どん。あん。いつもあいだとー……げぷっ」
あ、失礼。けど、二人ともめっちゃビビってた。

ん？　こいつら1頭？　それともやっぱり一人か？

まぁ、人型《ひとがた》だしな、一人、二人でいいだろう。

困った事？　夜寝てると、たまにこいつらの角が刺さって痛いくらいだな。

……寝苦しくないそれ？


――拾われてから2年。もうすぐ2歳半だ。

走るのが得意な今日この頃。今日もピンの後をストーキングするぜ。

この集落「デビルフォレスト」には、「ブラッディデビル」という種族の魔物が暮らしている。

何でもこのブラッディデビルは、魔物の中でも上位の眷族《けんぞく》らしい。どうでもいいけどな。

あ、ちなみにワタクシ、人間じゃなかった。

ハーフエルフだってさ。ふざけてんの神？

確かに耳がやや尖ってるなぁとか思ったよ。

お袋のジュリーの耳がかなり尖ってるなぁとか思ったよ。

エルフは長寿、そう相場は決まってますね。

この世界「ストレンジワールド」のエルフの寿命知ってますか、あなた？

1000年だってさ1000年。ふざけてるだろおい。

で、ハーフエルフ。人間との混血だから半分くらいだと思うじゃん？

2000年だってさ2000年。倍かよ。

何で増えるんだよ。長寿過ぎるだろ神。

因みにこの集落の中で育って行く上で、いじめとかあると思うじゃん？

だって俺だけハーフエルフだぜ？

迫害！　ＨＡＫＵＧＡＩ!!

無いんだなこれが。

理由のひとつが、ドンが族長だから。

もうひとつが、ピンが６歳にしてガキ大将だから。

初め２、３歳だと思ったけどあいつ４歳だったわ。

俺の名前？　ドンがつけようとしたらしいんだけど、俺のベビー服に名前が書いてあったんだ。

レウス、それが俺の名前。中二っぽくて嫌だが、お袋とシルクハットがくれたモノだしな。

受け取らないと失礼にあたるだろう。

ん、ところで親父……シルクハットの名前ってなんだったっけ？

周りからは略されてレウって呼ばれてる。

二文字じゃないといけない縛りでもあんの、ここ？

ピンはいつもドンから剣術を習っている。

この世界で生きていく上では必要らしい。

あんな牙持ってんだから大丈夫だろ……。

え、駄目なの？　何それアタシ怖い。

仕方ないから二人の稽古《けいこ》を毎日ガン見した。
目が充血する程に。
落ちている木の枝で、真似しまくった。
それを見たピンが、俺に剣の稽古をつけてくれた。
いいのかドンよ、間接的なアレなら教えちゃってもいいのか？

ピンの教え方は上手だった。やるじゃんピン。
型をいくつか教えてくれた。
まぁ、毎日見てるから知ってるんだけど。
ドンは、「俺にはまだ早い」とか言って教えてくれないから、間接的にピンに教わる。
受けの型、受け流しの型、攻撃の型、カウンター……が、ピンに決まってしまった。
……勝ってしまった。そしてピンが泣いた。

翌日以降ピンが剣を教えてくれないんじゃないかとか思ったが、そんな事はなかった。
うん、ピンはいいやつだ。

――拾われてから4年半。もうすぐ5歳だ。

「森へ行こうぜ！」
そんなピンは8歳。
いつもの森で遊んでいると、木の陰からスライムが現れた。
緑色のゼリー状の魔物……大丈夫だ、まだ見つかってない。
黒い点が二つ、それが目だ。
黙ってると可愛いが、こいつら口から酸を吐くんだ。マジ怖いわ。
んで、「酸を吐かれる前に倒そう」とか、ピンが言い始めた。
一人でやれよ。
……な？　そんな顔するなって。
大丈夫、骨は拾ってやる。酸を浴びたら骨は残らないけどな。
ピンがちょっと泣きそうだったから手伝ってやる事にした。
ピンのくせにコンビ組むなよ。
因みに俺が4歳を過ぎてから、ピンには負けた事がない。
力では勝てないが、ピンの動きが読めたり、俺の動きが速かったりと、まぁ色々だ。
運動神経抜群……ナイス神。
作戦は簡単だ。遠方から石を投げる。
以上だ。

これが迫害。そうＨＡＫＵＧＡＩ!!
可哀想だが許せよ？
ピンの石がスライムに当たる。痛そうだ。
あ、泣いた。
おい、ピンちょっと待てよ。やめろってーの。
ピンを殴った。ピンが半泣きだ。
ガキ大将だろ、お前？　あのスライム子供じゃねーか？
いや、俺が言うのもなんだけど……ちょっと近寄ってみる。
うん、やっぱ泣いてるな。ピンも木の陰で泣いてる。
ちょっと挨拶してみよう。

「……初めまして。レウスです」
「きゅ？」

え、可愛い。
お前どうやって発声してんだよ。何だ「きゅ？」って。
結婚しようとか言っちゃいそうだわ。
……握手出来るかな？

「よろしく！」


おぉ！

うにゅうにゅ横からなんか出てきた！

俺の手と同じ形のゼリーが現れる。

……握手出来たわ。

「ピンも来いよー」

あ、いない。

スライムが俺の頭の上に乗ってる。可愛いなこいつ。

「きゅ、きゅ、きゅ」

俺の足並みに合わせてきゅっきゅ言う。

これはいいもんだ。


……家に帰ったらドンがドンッて尻餅ついた。

とりあえず俺は正座してます。頭の上にはスライム。

目の前にはドン、アン、ピン。

ピンは震えてる。アンの顔もひくついてる。ドンは困っていらっしゃる。

「スライムが懐《なつ》く……か」

「どうするの、ドン？」

「酸は怒りを感じた時にしか吐かないから、怒らせなければ安全だが……」

そうそう、大丈夫だって。食料は水だけだろ？　いけるって。

「レウ、そいつをどうしたい？」

「こいつは友達だ、一緒に暮らしたい！」

俺はやれば出来る子。

ドンが怒った時はマジ怖い。

未だに漏らす。もりもりもりってな。

けど、今日は怒る気配がない……いけると見た。

「ふむ……まぁ、敵意は感じないからいいだろう。皆には通達しておこう」

「大丈夫かしら……」

……ふぅ……おい、ピンが漏らしてるぞ。


そうと決まれば名前だな。

やっぱりスラりん？　スラお？　……悩むな。

朝になっちまった。

たくさん悩んだ末、この集落に合わせて「スン」と名付けた。

安直だと罵《のの》ってくれてもいいぜ？

こうしてスンが家族の一員となった。

第一話　「旅立ち……たくない」

――拾われてから6年半、間も無く7歳だ。
集落の皆はすぐスンに慣れた。
ピンが一番時間かかったけど、最近ようやく慣れた。
君、ガキ大将だったよね？
5歳の頃からドンが稽古《けいこ》つけてくれるようになった。
7歳が近付いた今、ドンに対して打ち込めるようになった。
なかなかの才能らしい。
運動は嫌いじゃない。むしろ好きな方だ。
この身体《からだ》、スペックが高ぇ。
1教えられたら100は入る感じ。
そんなに入らないぃいい！　とか言いつつも入ってしまう。
矢でも鉄砲でも持って来いってか？

◆　◆

そんな事思わなければ良かった。
いや、思っても思わなくても結果は一緒だろう。
結果だけ言おう。

……全員死んだ。

ドンもアンもピンも。
向かいのパンばあちゃんも。
次世代ガキ大将のダンも……。

俺は川でスンと遊んでた。
アンと夕飯までには帰るって約束をした。
しかし夕飯の時間を過ぎてしまった。
いや、それが幸か不幸か、死ななくて済んだ。
集落が燃えていた。
家ではドンとアンが倒れてた。

たくさんの血を流して。

家の外ではピンが倒れてた。

たくさんの血を流して。

皆、あるものが無かった。


……角《つの》だ。

ドンやアン、ピンに生えていた見事な角が、みんな切り取られてた。

集落に戻る最中、黒い鎧《よろい》の一団を見た。

多分あいつらだ……。

でも俺はどうする事も出来ない。

追いつけない？　いや、ドンに打ち込めるようになった時、ドンと同じ速度では走れるようになってた。

馬程度にならなら負けない速度が出せる。

勝てない？　そうだ、ドンには勝った事がない。

そのドンが死んでた。

無理だ。

スンはきゅっきゅと泣いてた。

普段は泣かない子だが、俺の涙を見て泣いていた。

俺は皆が焼ける臭《にお》いを嗅ぎ、吐きながらその場を離れた。
集落から30分程走った場所に、川に面した岩場がある。スンと遊んでた川の下流だ。
俺は岩場に腰を下ろした。
この岩場から先へは「行っては駄目」という集落の決まりがあった。
……その集落は、もうない。
スンがもそもそ歩きながら、川の水を汲《く》んでくる。
身体を変形させ、手のようなものからコップ状の筒が形成される。
俺が仕込んだ。今では酸を自在に吐く事も出来る。ここらでは最強のスライムだ。
俺はスンが汲んできた水を一気に飲み干す。
大分喉が渇いていたみたいだ。
スンが心配そうに俺を見る。
こいつがいるから自分を見失わないでいられる。
スンに感謝だ。

「ありがとう……」

意識が途絶えそうだ。
……大丈夫。ここらで最強のスライムがいるんだ。

安心して休める……。

◆　◆

……ごめん嘘ついた。
うん、流石《さすが》にこれは無理だ。
さっきの黒い鎧の集団でも無理だろう。
スンが気絶した。姿を見ただけでな。
俺は気絶しなかった。
その代わりもりもりもりってなった。７歳にもなって。
倒れてた身体はいつしか直立不動になっていた。
目の前の凍えるような瞳に、いつ殺されるかと考えながら。
大きさは……そうだな。ドン百人分とピン百人分位かな。
色？　まぁ、黒いよね。漆黒《しっこく》って感じ。
この世の負の感情を全部詰め込んだ色だ。
目？　ネコ科の獰猛《どうもう》さを究極化したらあんな感じになるのかな？
黄金の瞳がギョロリ。まじ怖ぇ……。
角？　生えてる生えてる。

ドンより立派で、太くて硬くて黒光りしてるのが。

体長約50メートル？　なんかのG級クエストに出てきそうな……。

うん、人はこれをドラゴンって言うんだろう。


「我《わ》が名はスカイルーラー」


名乗った……。

名乗りましたよ奥さん。

直訳で空の支配者？

「臭うハーフエルフよ、何故《なにゆえ》こんな場所にスライムなんぞと一緒におる？」

臭《くさ》いらしい。あ、ごめん。

じりじりと後退し、下半身を川に浸《つ》ける。

巻いていた風呂が造れそうな灰色の布を、ゴシゴシと洗い始める俺。

「うむ、心遣い感謝する」

「……いえ」


感謝されたわ。

実を洗い流しただけで感謝されましたよ奥さん。

「あぁ、怖がらなくてよい。別に食おうとか、殺そうとか考えてない」

「……それはどうも」

「して、ハーフエルフがスライムと一緒に何をしておる？」


とりあえず話してみた。

俺はレウスという名で、このスライムはスンという俺の友達である事。

昔、ブラッディデビルに拾われて6年半育てられた事。

ドンとアンとピンの事、川で遊んでた事、夕飯に遅れた事。

黒い鎧の一団の事……。

集落が燃えてた事……。

皆……皆、死んでた事……。


「なるほど……ブラッディデビルの角は人間の世界で高値で売れると聞いた事がある」

「……売る」

……だよな。角がないんだ。

生前の世界の象牙みたいなもんだ。

人間が狩りをして、その狩りに成功しただけだ。

俺は生前も結構ポジティブだった。

母親はいたが父親は早々にこの世を去った。

しかし、病気だし仕方がない。

いつ死ぬかじゃない、どう生きたかだ。

母親は父親の自慢をいつもしてた。

父親は一生懸命生きて死んだ。

人の記憶に彼という存在を刻みつけた。

それは俺にとっても素晴らしい事だった。

「そやつらが憎いか？」

「……いいえ」

「ほぉ、何故かな？」

「俺達だって狩りはする。森にいる四つ目兎《よめうさぎ》も、一角猪《いっかくいのしし》も、食う為に殺す」

「しかし、奴らは金の為だぞ？」

「人間の世界では、生きる為に金が必要だ。勿論《もちろん》、その中には娯楽も入っているだろう。あの角を飾って鑑賞用にする奴もいる。あの角を加工して武器にする奴もいる。しかし、金の為にという事は、生きる為にという事と繋がる」

「達観しておるのぅ」

なんかこいつ、良いドラゴンっぽい。

ここの世界の魔物は良い奴が多いな。

……嘘ついた。
岩石の様な皮膚、鋭利な牙。キモい程ヨダレを垂らしてる。
あれはゴーレムウルフ。大きさは大型犬ぐらいかな?
マジで襲う5秒前って感じだ。
スンが気絶から回復して頭の上に乗った。
酸を吐こうとしてる。
垂らすなよ? マジで。
10匹位いるな。実は前に1匹だけ倒した事がある。
剣があったからな。
え、武器になるもの? そこら辺にある石とかだな。
前にスンを剣の形にさせた事があるけど、やっぱりスライムだった。
強度はゼリー。振った瞬間にグニッてなったわ。
勿論盾《たて》にもならない。
当たった瞬間にベチャッてなるだろう。
さて、どう切り抜けよう?
走って逃げるにしても、あいつら俺より速い。

速度だけは無駄にあるんだ。

んー……詰んだ？


「やれやれ、一休みしに来たんだがな……」

おぉ、こっちには空の支配者がいた！

どうすんだ!?　火炎《ブレス》か!?　火炎《ブレス》なのか!?

おぉ、口がでっかく開いた！　やっぱ火炎《ブレス》だ！


「ガァアアアアアアアッッッッッ!!」


世界が震えた……。

ごめん、もりもりもりもりもりって出たわ。

何だこの咆哮《ほうこう》。

あ、スンがまた気絶した。

ほら、ゴーレムウルフもちびって地面がビシャビシャじゃん。

あ、逃げて行った。

咆哮《ほうこう》ひとつで戦闘回避。支配者クラスは格が違うなおい。

「臭うハーフエルフよ……」

臭いらしい。あ、ごめん。お前のせいだけどごめん。

その後、もう一度川に入って、風呂が造れそうな灰色の布をゴシゴシと洗った。

日に二度失禁するバカがいるかっ！　と怒鳴られそうだ。


「してお主《ぬし》、この先どうするつもりだ？」

「狩りは出来るから食料に困る事はない。しかし……」

「……？」

「強くなりたい……」


とりあえず強く。

一人で生きられる程度には強くならなくちゃな。

あ、もちろんスンも一緒にだぞ。


「ふむ、ではワシが鍛えてやろう」

「は？」

今こいつ、なんて言った？

さっきのは決意表明みたいなもんだぞ？

俺、鍛えてくれとか言った？

やだよ、こいつ怖いもん。

「よし、そのスライムと一緒に背中に乗りたまえ」

「え、いや……」

「さぁ……」

「あ、はい」


そう、俺はノーと言えない日本人。

特に強い者には言えません。言えるのは弱い人と母親だけ。

背中……すげぇ。

何これ、デビルフォレストの広場くらいあるぞ。

黒くて硬い……けど中々の温かさだ。

「ハーフエルフよ」

「レウス、こいつはスンだ」

「我が名はスカイルーラー」

「呼びにくいね」

「ほぉ、では名を付けてくれんか？」

「……今日からあんたはチャッピーだ」

「……一応、何故その名前になったか聞こうか」

「昔飼ってた犬の名前だ」

「……そうか。我が名はチャッピー。レウスよ、摑《つか》まっておれ」

「あぁ」

摑まる？　え、どこに？

……その後、俺とスンは３回振り落とされた。

◆パーティメンバー紹介◆

●名前：レウス　●年齢：６歳11カ月　●種族：ハーフエルフ
●職業：魔物使い（剣士）　●装備：風呂が造れそうな灰色の布
●技：無し

●名前：スン　●年齢：約３歳　●種族：スライム（緑）
●職業：レウスの友達　●装備：装備していません
●技：酸／形態変化

●名前：チャッピー（スカイルーラー）　●年齢：約３０００歳　●種族：ドラゴン
●職業：空の支配者　●装備：背中にレウスとスン
●技：咆哮《シャウト》／火炎《ブレス》／他

因《ちな》みにチャッピーは３０００歳と書いているが、本人曰《いわ》く、あまり覚えてないそうだ。

ドラゴン長寿過ぎるだろ。

スライムの寿命ってどれぐらいなんだろ？

そう思ってチャッピーに聞いてみたら――、

「知らぬな。スライムは基本的に人間に殺される運命にある。天寿を全《まっと》うし死んだスライムを、我は知らないのだ」

なるほど。しかし、出来れば知っておきたいな。人里《ひとざと》に出た時に調べてみるか。

ところでチャッピー、どこに向かってるんだ？

「どこへ？」

「ユグドラシルの木へ向かっている」

おぉ、聞いた事あるぞ。

なんかやたらゲームに出てくる木の名前だ。

でかいらしいな。

まぁ、そんなにでかくはないだろう。

◆　◆

……やばい。でかい。
何これ、チャッピーの身長よりでかい。
俺とスンなんて豆粒だ。
空が見えなくて、一面緑色。
高さは……100メートル以上で、特に胴回りっていうのか、太さがやべぇ。
「ここで待っておれ……」
チャッピーはユグドラシルの枝の方へ飛んで行った。
うぉお！　なんか上空でチャッピーが火炎《ブレス》してる。
あいつこえぇよ。何してんだよ。あ、止まった。
なんか降って来た……枝だ。
地面に刺さった。後数十センチで俺に刺さるとこだったぞ？
チャッピーが戻って来た。

「……よし」

チャッピーが枝を爪でカリカリし始めた。
爪でも磨《と》いでるのか？

1時間経った。まだカリカリしてる。

2時間経った。カリカリしてる。
スンは寝始めた。

3時間経った。俺も寝た。
夜通しカリカリしてた。
チャッピーはボケた老人みたいだった。

◆　◆

朝……なんかここ、ポカポカしてるな、気持ちが良い。
起きた。
目の前には木の剣が刺さってた。
柄《つか》がある。柄頭《つかがしら》がある。握りもしっかりしてる。鍔《つば》まである……刀身も。

凝《こ》ってるなチャッピー。

「ユグドラシルの剣だ」

剣て……。木剣だろ？

「あの岩を斬ってみなさい」

これジーンって痺れるパターンだろ。

俺の身長と同じくらいの岩だぞ？


「むん！」

あれ？　なんか抵抗なくいけたな。

その瞬間——岩が、割れた。


……くぴ？

スンが目を見開いてビックリしてる。

そらそうだ。

「ほぉ、なかなかの剣術だな」

「何だこの木剣」

「ユグドラシルの剣だ」

聞いたわ。それ聞いた。

「この切れ味は？」

「聖なる木から削り出した木剣だ、それくらい当然だろう」

「あ、はい」

それを削れるチャッピーの爪のが怖ぇよ。

「我が相手をするので、それを使いなさい」


……くぴ？

今なんつった、こいつ。

ストロー級対ドラゴン級……無理だろ。

「無論、本気で相手をするわけではない」

「……」

「しばらくはこいつが相手になる」

左手だけで相手してくれるらしい。

けどあの爪怖いよ？　刺さったら死ぬよね？

「さぁ、かかってきなさい」


その日からめっちゃ怖い修行が始まった。

チャッピーは教えるのがすんごい上手《うま》かった。

こっちの死角の場所を教えてくれた。

何だあの左手は？　めっちゃ細かく動く。

箸《はし》でも持てるんじゃないかって位の繊細さだ。

俺の攻撃を受ける時も爪の刃の部分でなく、爪の甲の部分で受ける。

何故かって？　ユグドラシルの剣が刃こぼれするからだ。

甲で受ければそれは起きない。

俺の速度に合わせてくれるから、本当に良い相手だ。

左手……俺の相棒は左手。

なんか卑猥《ひわい》だな。


スンはスンで、遠くに行っては傷だらけで帰ってくる。

なんか頑張ってるみたい。

死ぬなよ？　マジで。


ここ、ユグドラシルの根元は本当に便利だ。

水場はあるから全員分の飲み水の確保は完璧だ。

スンは水だけでいいし、チャッピーは肉でも草でも良いらしく、ユグドラシルの葉をもさもさ食ってる。

水場に魚や獣が現れる為、偏食にもならないし俺の食材には事欠かない。
ここで暮らせるんじゃね？
まぁいつかは人里に出なくちゃな。

頑張ろう。

第二話　「成長」

８歳になった。

修行を始めて約1年だ。

スンが少し大きくなった。けど、まだ頭には乗る。

スンはあまり重くない。頭に乗っても気にならない位だ。

俺も大きくなった。１３０センチ近く？　うん、そんくらい。

剣術も大分成長したぞ。左手に傷を負わせる事に成功した時は驚いた。

チャッピーもビックリしてた。


「ゆ、油断した……」

一本は一本だぜ？

けど本当に油断してたのか、それ以来一本も取れてない。

スンは相変わらず傷だらけで帰ってくる。

一度スンの後をつけようとしたところ、チャッピーに止められた。

「止《や》めておけ、スンもレウス同様成長しようとしているだけだ」

因《ちな》みにチャッピーとスンは会話は出来ないが、意思疎通は出来るらしい。

妬《や》いちゃうわ。

チャッピーはスンをスライムだからと格下を見るような目では見ない。大人だ。

こういうところは見習いたい。

まぁ、ドンもアンもスンの事を家族として扱ってくれたけどな。


たまに成長を実感出来る。

ユグドラシルの剣が刃こぼれする事がある。

チャッピーの器用な指先でも回避が間に合わず、爪のよく斬れる部分で剣を受けてしまう為だ。

チャッピーはそうした夜はブツブツ言いながら剣をカリカリする。

チャッピーの可愛《かわい》いところである。


チャッピーの昔話は面白い。

竜族の戦争の話。人間世界の世界戦争の話。魔王と勇者の伝説。

俺と会う前は、空の魔物の統括をしていたらしい。

で、挫折したらしい。ちょっと可愛い。

「ハーピーの眷族《けんぞく》とガルーダがな、言う事聞いてくれないのだ」

やだこの子……可愛い。

地上の統括は誰がやってるの？　やっぱりアースルーラーとかいるの？　とか聞いたら、顔を赤らめてアースルーラーの話をしやがった。

漆黒《しっこく》の頬が血のようにドス黒くなる。怖いからやめてくれ。

２０００年間惚れ続けてるらしい。

俺が生涯惚れ続ける時間だ。バカかこいつ？

いや、馬鹿にしちゃいけないのはわかっているんだが、進展させないのはどうかと思うぞ？

んで、チャッピーの寿命を聞いたら。


「んー……ちょっとわかんない」


だそうだ。何だその口調は。砕け過ぎだろ。

会った時に「我《わ》が名は――」とか言ってたの忘れたのか？

え？　おい。３０００歳の威厳を見せろよ。

スンは俺とチャッピーの話をウンウンと頷きながら興味津々な様子だ。

可愛い。癒される。

◆

◆

それから半年経った。

事件？　まぁ、事件にしよう。事件が起きた。

俺の風呂が造れそうな灰色の布が限界を迎えた。

最早《もはや》、俺の小銃が動く度《たび》に見え隠れするレベルだ。

チャッピーが言うには――、

「ユグドラシルの葉で隠せばいいんじゃない？」

こいつ、俺とタメ年とかだろ？　３０００歳に感じないわ。

確かに俺の小銃は木の葉程度でも隠れる。……いや、これから大きくなるから大丈夫だ。

そうだ、これからビッグマグナムになるんだ！　服が欲しいぞ！

で、チャッピーが言うには――、

「え〜、めんどくさい」

お前がめんどくさいわ。小指で鼻ほじってるし、何こいつ？

支配者になれない訳がわかったわ。

「仕方がない、人里《ひとざと》で服を調達するとしよう。が、しかし金はどうするのだ？」

この世界では何が売れるんだろう。

ドラゴンの血？　ドラゴンの爪？　ドラゴンの鱗《うろこ》？

「おい、待て。確かに売れるだろうが、嫌だぞ」

ちっ……そうだ、毛皮だ！

今まで仕留めた獣の毛皮を持って行けば、いい金になるんじゃないのか？

「多分売れるな。だが、それを売らずに加工して服にすればいいんじゃないのか？」

そんな加工技術はない。素材のままじゃ臭《くさ》いからな。

「では背中に乗れ」

「スン、おいで」

「きゅっきゅっ」


久々に乗るチャッピーの背中。相変わらず温かい。

俺とスンはその後、２回振り落とされた。

チャッピーの背中にユグドラシルの剣を突き刺して、手すり代わりにしようと提案したら丁重に断られた。


俺達は、俺が走れば15分で町に着くという距離の森に着いた。

何故？　流石《さすが》にチャッピーとスンを連れて行けないからだ。

チャッピーは理解してたが、スンが少し寂しそうだった。

……可愛い。

俺は布を上半身に巻き、素材の毛皮を一枚使い、腰巻きにした。

「そういえば人間の言葉は喋れるのか？」

「5カ月で覚えた」

「ほぉ、いつの間に？」

「赤ん坊の時だよ」

「とんでもない0歳児だな」

そう言って俺は毛皮を持ち、走り始めた。

15分て言われてたが、走ったら10分ちょいで着いた。

大きな町だ。入り口に大きく文字が書いてある。

…………読めない……大変だ。

俺は読み書きが出来ない！　頭脳明晰《めいせき》のこの俺が!!

本屋で教科書的なアレを買おう。俺のプライドが許さん。

とりあえず毛皮を売らなくてはな。

門番的なアレはいないのか？　町の名前を延々言い続けそうなアレは。

あぁ、いた。人の良さそうな八〇衛みたいなやつがいたわ。団子食うか？


「すみません」

「何だい坊や？」

「この毛皮を換金したいんですが、何処《どこ》へ行けばいいですか？」

「お、お使いかい坊や？　偉いねぇ」

「はい。父のお使いです」

「今から休憩なんだ、僕もそっちの方へ行くから連れてってあげよう」

おぉ、ホントいい人だわ。


道中少し話をした。

ここは「エヴァンス」という町らしい。

彼は「ハチヘイル」という名前らしい。

いや、俺が名前をつけたんじゃない。本当だ。

町並みは木造建築の建物が多く、石造建築もあるが、ほとんど見かけない。

すると木造建築の扉がない剝《む》き出《だ》しの商店に着いた。ここが、換金所らしい。

「ご主人」

「あぁ、ハチヘイルじゃねぇか。どうしたんだ？」

「このレウス君がお使いらしい、色をつけてやってくれ」

「ほぉ、偉いな坊や、毛皮かい？　この時期は需要があるからね、勉強させてもらうよ」

どうやらお使いは偉いらしい。

俺ならこの世界でのお使いは、絶対させたくないな。治安が悪過ぎる。

ん、換金所の主人が色々と驚いてる。

「こりゃあ……キラーバッファローの毛皮じゃねぇか。他にもサウロスタウロスの毛皮まであるな……」

ああ、その2匹は強くて中々倒せなかったやつだ。

キラーバッファローは、寝返りを打ったチャッピーに「クチャ」って殺《や》られた。

サウロスタウロスはチャッピーがくしゃみした時に火炎《ブレス》が出て、首だけ燃えたんだ。

まぁ、時間かければ俺でも倒せただろう。

「どれも良い物ばかりだ……いや、ありがとう。全部で10万レンジ出そう」

「10万レンジ!? 僕の2カ月分の給料じゃないか!」

「それだけの価値がある……坊や、いいかな?」

レンジというのがこの世界の金の単位らしい。

一般人《ハチヘイル》の2カ月分……。ひと月5万レンジが一般人《ハチヘイル》の給料という事だな。

まぁ、詐欺《さぎ》られてもわからないし、いいだろう。相場なんて調べようもないからな。

「いいですよ。……えーっと、ここでは何が売れるかとかのリストってないですか?」

「あぁ、あるよ。500レンジするけど……うん、これはサービスしよう」

「ありがとうございます」

「よかったなレウス君」

「はい!」

今の子供っぽかったろ? 俺、上手に出来ました。

財布がなかったが、金を革袋に入れてくれた。

サービスいいな、主人。贔屓《ひいき》にさせてもらうよ。


さて、あとは……服と本屋か。

一般人のハチヘイルがいなくても、何とかなりそうな物ではあるな。

けど、こいつ付いてきそうだな。まぁ、いても不便じゃないし、いい人だしいいか。

「さぁレウス君、お使いは終わりかな？」

「いえ、僕が読み書きを覚える為に本屋と……、あと服を揃えたくて……」

「おー！　その歳で読み書きを覚えようとするなんて凄いな。んー、ここからなら服を売ってる店の方が近いから、まずはそこへ行こうか」

やっぱいい人だ。帰り際に残った金をあげよう。うん、そうしよう。

ここら辺の商店はみんな剝き出しの店構えだな。閉店作業が大変そうだ。


「いらっしゃい……ハチヘイルか、服の新調かい？」

「この子に合う服を探してる。……靴もかな？」

「ほぉ、予算は？」

「レウス君、いくら位だい？」

「んー、５０００レンジ位で」

「5000!? そんな金持ちなのかい、この坊ちゃんは？」

「さっき10万レンジ換金してたからお金はあるよ」

「すげぇな、とてもそんな風には見えないがな」

おう、俺も同感だ。

こんなパ○スみたいな格好の奴に金があるとは思えないね。

「どんな服を希望だい？」

「丈夫な素材で、同じタイプの物を何着か……」

「じゃあこの上下セット700レンジの物が良いだろう。これを5セットで3000レンジにしよう。で、1000レンジの丈夫なブーツを二つで5000レンジ……どうだい？」

灰色の半袖のシャツと、パンツ……これを5セット。茶色いブーツを2足……いいね。

「あ、別料金で構わないので大きい鞄《かばん》が欲しいです」

「じゃあこの革製の鞄がいいんじゃないかな？ 1000レンジだ」

「はい、それでお願いします」

「礼儀正しい子だね」

全部その鞄の中に入れてくれた。

少し重いが、まぁこれも修行ってやつだな。

……そうだ、あいつらにお土産《みやげ》でも買っていってやるか。

「装飾品は売っていますか？」

「残念だが置いてないな。向かいのお店がそうさ」

「ありがとうございます」

「おう、またおいで！」


一般人《ハチヘイル》は何も言わず付いてくる。

こいつ出世出来ないタイプだな。

「装飾品？」

「父と母に買っていくのです」

「でも、それはお父さんのお金じゃないの？」

「これは僕が仕留めた獲物の毛皮のお金ですから、大丈夫です」

「君が!?」

あ、まずった？

この世界の8歳児はそういう事しないの？

たしかにピンは雑魚《ざこ》だったけど……。

「わ、罠《わな》を作るのが得意なんですよ」

「へー、やはり賢いんだねぇ」

人が良すぎるぞ、一般人《ハチヘイル》。やはり余った金をあげよう。

「いらっしゃいませ……ハチヘイル？　お前こんなとこで買う金なんてないだろ？」

「この子がお客様だよ」

この町の人間は全員、一般人《ハチヘイル》を知ってるのか？

有名人だな、一般人《ハチヘイル》。

「この子が？」

「腕輪と指輪を探しています。サイズは気にしなくて大丈夫です」

「お金はあるのかい？」

当然の疑問だな。こんな服ですし？

「残り９万程です」

「……金持ちだな、坊や」

「良い獲物が手に入ったので」

「ほぉ、猟師の卵か……普通のアクセサリーにする？　それとも魔石入りのかな？」

「魔石？」

なかなか臭い設定が出てきたぞ。

いや、ドラゴンとかスライムが出てる時点でそんなものか。

「まだ魔石を知らなかったか」

髭《ひげ》が似合うにーちゃんが色々教えてくれた。

どうやら魔石を組み込んだアクセサリーは特殊な能力があるらしい。

力が上がる魔石、素早さが増す魔石、まぁ色々だ。

速度は重要だ。

なので、速度上昇の腕輪「スピードバングル」を二つ。

速度上昇の指輪「スピードリング」を一つ購入した。

魔石はお高い。腕輪が2万、指輪が1万。

計5万レンジでござる。

残金4万4000レンジだ。


「ありがとうございました」

「また来ます」

「ご両親に良いお土産が買えたね」

「はい、チャッピー《父》もスン《母》も、喜んでくれると思います」

「さて最後は本屋か……。この道を真《ま》っ直《す》ぐ行けば近いかな」

結局最後まで一般人《ハチヘイル》に付き合ってもらう事になったな。

感謝感謝だな。

……おぉ、あれは本屋だな。

わかるぞ。紙の匂いがする。

「いらっしゃい……ハチヘイルか。お前が本？　嘘つけ」

嘘つき呼ばわりされてるぞ、一般人《ハチヘイル》。

てか、やはりどの店の店主も、一般人《ハチヘイル》の事知ってるんだな。

何者だこいつ？

「アハハ、この子が字の読み書きを覚えたいみたいで、教養書が欲しいんだ」

「へー、この子が。わかった、ちょっと待ってな」

ところで、最初の読みはどうすべきなんだ？

どれが「あ」で、どれが「ん」なのかわからんぞ……。

んー……チャッピーなら知ってるかな？

「お待たせ。この表と、この商人育成の本がオススメだ」

俺は商人になるのか？　青髪《あおがみ》じゃないし、太ってないぞ？

「表は文字がたくさん載っている。商人育成の本には難しい言葉がたくさん載ってて、その意味も書いてあるから勉強にはもってこいだよ」

なるほど、つまり辞典みたいなものか。

こんな世界だもんな。普通の人間は難しい言葉を知らなくても生きていける。

そういうわけだ。

「では、それをください」

「表が1000レンジ、育成本は3000レンジだ」

想像通り割高だな。製紙技術の問題と、活字印刷の問題があるだろうしな……まぁ、仕方ないか。

「ではこれで」

「あいよ、毎度」

よし、目的達成だ。しかし鞄が重いな……。

「では僕はこれでお役御免だね」

「ありがとうございました。……これはお礼です」

「えぇ!? いいよいいよ、レウス君のお金なんだから」

予想通り受け取らないか。

というわけで、俺はお金の入った革袋を剣の柄《つか》に引っ掛けて逃走した。

「あ、ちょっ、レウスくーん！ ……行っちゃった」


よし、成功だ。

次回会ったら美味《うま》い飯屋《めしや》でも教わろう。

またな、一般人《ハチヘイル》。

第三話　「出会い」

エヴァンスを発《た》ち、10分かからない位でスンとチャッピーのいる森へ戻って来た。

かなり速いな。これが魔石の力か……すげぇな。

「戻ったか、待ちくたびれたぞ」

「きゅっきゅ！」

「お待たせ、さぁ、帰ろう」


帰る途中、俺とスンは1回振り落とされた。

こいつわざとやってるんじゃないか？

ユグドラシルの木に戻って来た。

水場で身体《からだ》を洗って、買ってきた服を着用した。

「ほぉ、馬子《まご》にも衣装だな」

「ふん、そんな事言う奴にお土産《みやげ》はやらん」

「土産？　……レウス、それは気になるぞ？」

「スンにはこれだ」

俺が指輪を差し出すと、スンは尻尾《しっぽ》を形成し指輪をはめた。

頭良いなこいつ。魔石は魔物にも効果があるのかな？

「スン、少し走ってみろ」

「きゅ？」

よくわからないような表情をしたが、言う通りに走ってる。

良い子だな。……おぉ、いつもより速くなってる。

効くんだな魔石。

スンもそれに気付いたみたいだ。

尻尾が可愛《かわい》いな。


ところで、チャッピーがさっきからチラチラ見てくるんだが……。

〝我《われ》のは？〟

うん、そんな顔してる。

〝レウス、我のは？〟

そんな表情だ。

「さ、チャッピー、修行しようぜ」

「レウゥウウウウウウス!!　我にお土産は!?」

ガキかこいつ。

ちょっとちびったじゃねぇか。新品のパンツなんだぞ。

「ほれ、俺とお揃いだ」

腕輪を見せてやった。

獰猛《どうもう》な目が輝いてる。うん、怖い。

「むぅ、どこにどう着けよう」

「ちょっと屈《かが》め」

「……こうか？」

「きゅー？」

腕輪を額の中央に生えてるランス状の一本角《いっぽんづの》にはめてやった。

「おぉ！」

尻尾ブンブン振ってる。犬かこいつは。

「速度が上がる魔石がはめてある。速くなったか？」

「……どれ」


うん、超速い。バビュンって感じ。

「すごいな、速くなったぞ！」

尻尾振りすぎ。

「魔石なんかと今まで馬鹿にしてたが、これは素晴らしいな!」

おい、尻尾止めろ。

あ、ここでステータス発表だ。

前回とあまり変わってないけどな。

◆パーティメンバー紹介◆

●名前:レウス　●年齢:8歳6カ月　●種族:ハーフエルフ　●職業:魔物使い(剣士)
●装備:ユグドラシルの剣/丈夫な服(灰)/ブーツ(茶)/スピードバングル
●技:斬岩剣《ざんがんけん》

●名前:スン　●年齢:約4歳6カ月　●種族:スライム(緑)　●職業:レウスの友達
●装備:スピードリング
●技:酸/形態変化

●名前:チャッピー(スカイルーラー)　●年齢:約3001歳6カ月(人間でいう30歳位)
●種族:ドラゴン　●職業:落ちぶれた空の支配者
●装備:背中にレウスとスン/スピードバングル

●技：咆哮《シャウト》／火炎《ブレス》／尾撃《テイルアタック》／他

それから修行をした。

予想通り魔石によってチャッピーの攻撃も速くなったが、俺も速くなったから差し引きゼロってとこだ。しかし、ブーツの分の重さが影響して、俺の方が少し遅いかも？

ふん、筋トレ筋トレ。


チャッピーは文字が読めた。ラッキーだ。

最悪また一般人《ハチヘイル》を頼るところだった。

人間の文字を勉強していく。


ちょっと面白い事が起きた。

スンも勉強に参加してきた事だ。

覚えたかどうかわからないいって？

地面に文字書いて「いつもありがとう」だってよ。

やべぇ、超可愛い。頭も良い。


あれからひと月に1回はエヴァンスに行く事にした。

チャッピーだけ置いてな。

不満そうな顔をしてたが、毎回お土産を買う事で許してくれた。

その度《たび》に尻尾をブンブン振り回して、周りの魔物や動物が怖がってる。

クチャって逝《い》きそうだもんな。

エヴァンスはユグドラシルの木から走れば30分で着く距離だった。

買った大きな鞄《かばん》にスンを詰めて行った。スンも喜んでたな。

一般人《ハチヘイル》には毎回会ったぞ。

入り口にずっといるんだもん。


そんなこんなで半年経った。もう9歳だ。

文字の読み書きを覚え、商人育成の本も読破した。

そんな時期だった。

いつも通りチャッピーとの修行。最近、チャッピーの左手はガチだ。

「ぬ……くっ！」

とか言ってるから間違いない。

間も無く右手を使わせる事が出来そうだ。

お、入った。空の支配者の左手に傷入りました！

「……限界か、明日からは右手も使おう」

「おぉ！」

成長を実感！　いい調子だ！

「そ、そこまでだ、邪悪なるドラゴンめ!!」

「え？」

「へ？」

「きゅ？」


女だった。

中々の美人でブロンドだ。

幼い顔立ちだが、出るところは出てる。

実際若そうだ。14、5ってところだろう。

ブロードソードみたいな剣を持ち、チャッピーを挑発してる。

赤いマントに革製の鞄……旅人？


「そ、その少年から離れろ！」


あぁ、なるほど。

チャッピーもスンも理解したみたい。

うちの子達、ホント頭良いわ。

さて、説明しないとな。

何て言おう。何かすぐ理解してもらえる言い訳……。

普通に説明したら「洗脳されてるのか!?」とか言われそうだからな。

言葉は選ぶぜ？

ふむ……怒鳴るか。そして黙らせよう。


「修行の邪魔をしないでください！」

「な、修行!?」

「その通りだ人間よ。我とこのレウスは、ここ、ユグドラシルの木で2年間剣の修行をしているのだ」

「こんな場所で修行だと!?　信じられないな！」

何言っても信じられないパターンだな。

スンがきゅっきゅ言いながら頭に乗ってきた。

「なっ、スライムめ！　そこから離れろ！」

面倒だな……犯すか？

無理だ、精通してないし、そんな度胸はない。

「この子はスン、俺の友達だ」

「きゅ！」

「こいつはチャッピー、俺の師匠兼、友達だ」

「そうだ、友達だ」

どうやら俺の友達発言が嬉しかったらしい。

スンは口が超緩んで、涎《よだれ》たらしてる。それ酸じゃないよね？

チャッピーは相変わらず尻尾振ってる。強烈な風だ。

「……ふん」

剣を納めてくれた。

信じたかどうかはわからないが、敵意がない事は伝わったようだ。

「俺はレウス、あなたは？」

「……私の名はキャスカ・アドラーだ」


とりあえず握手だ。

女の手。

やばい。

やわらかい。

おっと冷静冷静。

「こちらにはどのような用事で？」

「聖なる木、ユグドラシルの枝を採取しにきた」

「どれほど？」

「その枝から剣を作りたい。１本で十分だ」

その立派なブロードソードがあればいらないのでは？

「チャッピー、採ってきてあげなよ」

「仕方がないな」

「いいのか!?」

この女、どうやって枝を採るつもりだったんだ？

１００メートルは垂直だぞ？　俺でも登れないわ。

あれか、行けばなんとかなる精神で来た感じか？

うん、そんな感じの顔してる。

……枝が降ってきた。

俺の数センチ後ろに。

あいつ狙ってるだろ？

「おぉ、これで後は削り出すだけだ！」

「やってやろうか？」

チャッピーは物作りが好きらしい。

だからあんなに器用なのか。

「なっ、お前がかっ？」

「その剣に似せれば良いのかな？」

「その剣の方がよく斬れるんじゃないの？」

「レウス、聖なる木の斬れ味はあんな剣より凄いぞ？」

え、そうなの？　そんなにひゅごいの？

最初からそんな武器でいいの俺？

「我の爪がもっと凄いだけだ」

あ、ちょっと自慢したな。

今こいつ天狗《てんぐ》だ。

「そうだな、この剣には慣れてるので、これに似せてくれるのであれば助かる」

「うむ、一晩かかるが良いかな？」

「問題ない」

因《ちな》みにいつも俺とチャッピーが話してるのは魔物言語で、今キャスカとチャッピーが話してるのは人間の言語だ。

「きゅ？」

そうだな。

お前は「きゅ？」でいい。
そうじゃなきゃいけないんだ。

キャスカはその日一日野宿した。
俺はいつも野宿だけど。
雨？　ユグドラシルの木の下には届きませんよ。
この地域は台風的なアレはないから穏やかなもんだ。
ただ、夜の魔物は怖いぞ？　目がギラってな。
もりもりもりとはいかないまでも、じょろろろって感じにはなる。
そんな時はチャッピーの鼻がヒクヒクするんだ。
あれはあれで面白い。

キャスカがチャッピーのカリカリをジーっと見てる。
あ、これ卑猥《ひわい》だね。
ごめん。言ってみたかっただけだよ。
「きゅ？」
そうだね。
うん、ごめん。

キャスカはチャッピーのカリカリをずっと見てた。

悪かったって。

チャッピーは見られるのがまんざらでもない様子。

漆黒《しっこく》の頬が禍々《まがまが》しく染まる。

キャスカが怖がってる。

わろりん。

とりあえず俺は寝る。


で、起きた。

キャスカも結局寝ちゃったみたい。

キャスカの頭から少し離れた地面に、キャスカのブロードソードと瓜《うり》二つの木剣が刺さってた。

匠《たくみ》の技だな。

チャッピーは数日寝ない事がままある為、起きていた。

ここで褒めると増長しそうだな。

うーん、

「お疲れ様」

これで十分だろ。言い過ぎず言わな過ぎずが丁度いいだろう。

うぉ、めっちゃ尻尾振ってる。労《ねぎら》っただけだぜ？

尻尾の爆風でキャスカが起きた。

剣、めっちゃ見てる。

俺が前割った岩の前に立った。

振りかぶった。

斬っ……てない。超痺れてる。


「なんで斬れないんだよ」

「仕方あるまい、レウスの方が数段高みにおるからな」


俺9歳。

キャスカは聞いたら14歳だった。

俺が増長するよ？

お、キャスカが睨んでる。

「ほぉ、面白い！　この疾風のキャスカ、レウス殿に手合わせを申し込む」

凄い、二つ名だ。疾風って事は相当速いのか。

「どうするのだ？　レウス、人間で試してみるのも勉強だぞ？」

「そうだな、一理あるな」

「さぁ、勝負だ！」

活発なねーちゃんだな。

とりあえず、俺もキャスカもユグ剣だから、刃こぼれする事はそうそうないだろう。

キャスカとの距離は５メートル位。

おぉ、凄いオーラだ。見えないけど。

言ってみたかっただけだ。許せ。


お、歩いてきた。

ん？　これ走ってるのか？

あぁ、走ってる。大分遅いな。

剣の重さを利用して……剣速はまぁまぁだ。

けど遅いな。ふざけてんのかこいつ？

いや、必死そうだ。

ふんって言って、少し鼻水出てる。


「やれやれ、相手にならんか」

「きゅ、きゅ！」

「あぁ、レウスは今、相当強いぞ」

人間の言葉で言うなよ。

キャスカも聞いてるぞ。

あ、半泣きだ。

鼻水めっちゃ垂れてきた。

けど、この動きは練習になるな。
1、2、ここで振り上げる。
やっぱり。

突いて、払って、体当たり。

戦い慣れてるな。


「やれやれ、レウスめ、遊んでおる」

「きゅ、きゅ！」

「あぁ、キャスカを良い練習台だと思ってるようだな」


おいそこ、止《や》めろマジで。

あぁ、本泣きだ。

これはどうしようもないな。

「やめる？」

「うぅ……ひっく……疾風の……キャス、カ……だぞぉ、うぅ」

なんぞこれ？

「あぁあぁ……泣かせおってからに」

「きゅきゅ！」

お前らのせいでもあるからな？

俺だけのせいじゃないからな？

「またいつでも相手になるから。ね、機嫌直してよ？」

「う……うぅ……ほんとぉ？」

あらやだ可愛いわ。

鼻水ばっちぃけど。

「基本、ここにいるからいつでもおいで」

「わ、わかった！」

口調変わったな。人前で無理してたみたいだ。

可愛いじゃんキャスカ。

「さ、チャッピーやるぞ」

「あぁ、来い」


チャッピーとの両手修行が始まった。

やばい、死ぬ。
チャッピー、右手はあまり器用じゃない。
そういえばユグ剣カリカリしてたのも左手だわ……。
丈夫な服が一着バラバラになった。
キャスカが俺の小銃をガン見してきた。いやん。
キャスカの顔が真っ赤だ。可愛い奴め。
もっと見とくか？　お？
まぁ、ヒュンってするから服を着よう。
身体も大きくなってきたから一回り大きいサイズでも買うかな。
金は貯まる一方だけどな。

この世界の金は10と1の桁の硬貨は存在しない。
1万＝100に直せよ。
まぁ、どうにもならないから良しとしよう。
1万レンジが金貨、1000レンジが銀貨、100レンジが銅貨だ。
全ての硬貨にユグドラシルの木が刻印されてる。
ユグドラシルの木って有名なんだな。

で、エヴァンスの町に来た。

キャスカはこの町に住んでるんだそうだ。

入り口でキャスカと別れた。

キャスカと一緒に歩いたらここまで4時間かかった。

わろりん。


あの換金所の主人、名前はビックス。

ウェ○ジはどこだ?

まぁ、このおっちゃんとは結構仲良くなった。

もらった売買表には俺が捨ててしまったり、燃やしてしまったりする物が結構あったりした。

なんて勿体《もったい》無い、金はあって困る事はない。

ユグドラシルの木の近くの俺が利用してるゴミ捨て場(空き地)、そこから色々持っていったりした。

あった分は持っていったから、もうないけどな。

で、今日はいつもの毛皮とユグドラシルの枝を持っていった。

ビックスは1分くらい硬直した。

あれ、神聖な木だからダメな感じ?

逮捕コース？

違った。ビックスの顔がやばい。

「いいいいいいいいいくらで売ってくれる？」


いが多いよ。

お前が決めるんじゃないのか。

そんなひゅごいの、これ？

「相場の最安値はいくらなんです？」

「ここから西の方角『チャベルンの町』で数年に１本、枝が市場に出るらしい」

それは貴重だな。それがこんなド田舎に出回ったらビックリだな。

「で？」


「昨年出回った時に売れた金額は、４００万レンジだ……」


うっひょおおおおお。

すまん。おが多かったな。

けど、ここは換金所だからな。

半額位がいいのかね？

「おっちゃんはいくらなら出せるんです？」

「かき集めても２００」

「そんな欲しいんすかっ？」

「あぁ、加工すれば値段は跳ね上がるからな」

「じゃあ１００でいいすよ」

いつも世話になってるからな。

これくらいはしてあげてもいいだろう。


ビックスは1分くらい硬直した。

「マジで？」

現金な顔だな。

チャッピーさえいれば錬金王《れんきんおう》になれるだろうが、緊急用にしよう。

自然を傷つけちゃいけないしな。


「毎度！　またなレウス！」

革袋の中には現在１３７万レンジ。

これを一般人《ハチヘイル》にあげたら倒れるんじゃないか？

あげないけど。
まぁ、大して欲しい物はないから、服だけ買って帰ろう。

第四話　「成長２」

10歳になって、身長も140センチ近くになった。

スンも大きくなった。

頭の上には乗れるが、プルプルして踏ん張ってる。可愛《かわい》い。

最近スンは傷だらけになってる機会は少ない。

何やってるんだろ？

何かしら状況が変わったのかしら？


チャッピーの両手は未《いま》だに越えられない。

あいつ、やっぱつえーわ。

「我《われ》は空の支配者だったのだぞ？」

「支配出来なかったんだろ」

あ、落ち込んだ。めっちゃ落ち込んだ。

あの目から涙が……出ない。

「我に勝てないくせに威張るなよ」

「俺に口で勝てないくせに威張るなよ」

あ、落ち込んだ。

言い返せよ。

デカイ図体《ずうたい》で何考えてるんだ？

可哀想《かわいそう》だから話題を変えよう。

「そういえばさ」

「何ですか？」

敬語になったぞこいつ。

「俺とチャッピーは今、魔物言語で喋ってるよな？」

「そうです」

この図体で敬語はキモいな。

「魔物言語の文字とかってあるの？」

「あ、はい」

うぜぇ。

「もしチャッピーが知ってたら教えて欲しいなー」

「う、うむ、そそそこまで言うなら教えてやらんでもないぞ？」

あぁ、人より威張れるものがあると敬語でなくなるのか。

わかりにくいわ。

何で俺が察しなくちゃあかんねん。

「スンも教わる?」

「きゅきゅー!」

やる気満々だ。

「では授業を始めます」

「よろしくー」

「きゅ!」

◆　◆

……授業、上手《うま》いわ。

基本的には暗記作業だからな。

頭脳明晰《めいせき》の俺に死角無し。

嘘だろ?　スンに負けた。

何であんなにスラスラ文字書けるの?

スライムだからスラスラか?

ふざけんな。あのゼリーのどこに知識が入るんだ？
謎い……。
まぁ、遅れながらも魔物言語の読み書きはバッチリだ。
スンには負けたけど。
スンが鼻を形成して伸ばしてた。
これがチャッピーだったら殴りたくなるんだけど、スンは可愛い。癒しだ。
「レウス、スンに負け……プッ」
いつか仕返ししよう。覚えてろよ。

◆　◆

キャスカもたまに来る。
俺に何回も勝負を挑んで、何回も負ける。
毎回泣いて、毎回鼻水まみれだ。
彼女の鼻水は無尽蔵らしい。ついでに涙も。
はいはい、ここでステータス紹介だよー。

◆パーティメンバー紹介◆

●名前：レウス　●年齢：10歳　●種族：ハーフエルフ　●職業：魔物使い（剣士）
●装備：ユグドラシルの剣／丈夫な服（灰）／ブーツ（茶）／スピードバングル
●技：斬岩剣《ざんがんけん》　●言語：人間言語／魔物言語

●名前：スン　●年齢：約6歳　●種族：スライム（緑）　●職業：レウスの親友
●装備：スピードリング
●技：酸／形態変化　●言語：人間言語／魔物言語（どちらも読み書きのみ）

●名前：チャッピー（スカイルーラー）　●年齢：約３００３歳（多分人間でいう25歳位）
●種族：ドラゴン《犬》　●職業：落ちぶれた空の支配者（笑）
●装備：背中にレウスとスン／スピードバングル
●技：咆哮《シャウト》／火炎《ブレス》／尾撃《テイルアタック》／他
●言語：人間言語／魔物言語／他は謎

●名前：キャスカ・アドラー　●年齢：15歳　●種族：人間　●職業：疾風（笑）
●装備：ユグドラシルの剣／マント（赤）／ブーツ（茶）／ショートパンツ（緑）／

スピードリング
●技：斬草剣《ざんそうけん》　●言語：人間言語

キャスカがパーティに入ってるって？
知りたかっただろ？　他意はない。
そうそう、キャスカの誕生日にスピードリングを買ってあげた。
顔真っ赤にして中々可愛かったけど、やっぱ鼻水出てた。
仕様なのそれ？

「ありがとうなんて、言わないからなぁああああぁぁぁぁあっ!!」

走って帰ってった。
ユグ剣置いてってった。
キャスカはアレだ。
ツンデレになり切れないタイプのアレだ。
……可哀想に。

今日も修行だ。

チャッピーの左手が現れた。
チャッピーの右手が現れた。
顔が出てきたらデスタ◯ーアだな。

レウスの攻撃。
ミス。
チャッピーの右手の攻撃。
ミス。
レウスの攻撃。
ミス。
チャッピーの左手の攻撃。
ミス。
チャッピーの右手の攻撃。
ミス。
レウスの攻撃。
チャッピーの右手に１のダメージ。
チャッピーの左手攻撃。
レウスに３６５のダメージ。

レウスはやさぐれた。
チャッピーは落ち込んだ。

まぁ、毎日こんなもんだ。
戦闘が長引くなんて基本ありえない。
基本は一撃必殺だ。チャッピーのな。
躱《かわ》さなきゃ死ぬ。
スペラ○カーだな、こりゃ。
あ、チャッピーに質問あったら受け付けるよ。
スンでもいいけどね。

偶然見ちゃった。
スンが魔物と戦ってた。
スンが疾風のキャスカより速く動いてた。
相手は俺が前に手こずった、キラーバッファローだ。
ガタイがよくて、茶色で角《つの》が両サイドと中央に1本ずつの計3本だ。
こげ茶色の体毛で覆われていて、身体《からだ》の大きさは……俺5人くらい？
今の俺は手こずらないだろうが、スンはまだ6歳だ。

「きゅっ、きゅっ！」
ボクシングのワンツーみたいにキラーバッファローを殴ってる。
え、ゼリーだろ？
おぉ!?　ダメージはあるようだ。
回り込んだ！
馬車はないぞ！
おぉ、足払い！
スタンした。
「きゅー！」
渾身《こんしん》の体当たり。
だからゼリーだろ？
ベチャってならないのが不思議だ。
キラーバッファローは気絶した。
攻撃力高いな。
俺が８歳で倒せなかった魔物を６歳のスンが倒した。
俺はまだまだ、努力しなきゃな。

◆　　◆

「レウス、今日も修行だ」

「はい、先生！」

「……今なんて？」

口が滑ったぜ。

あーあー、尻尾《しっぽ》振っちゃった。

目キラキラだわ。

他の人から見たら目ギラギラだ。

俺はもう慣れた。


「レウスが我を先生だってぇええええええええええええっっっっ!!」


世界が震えて俺の股から滝が流れた。

まだまだ慣れてなかった。


今日はチャッピーに三撃も入れる事が出来た。

こいつ絶対手ぇ抜いたわ。

終始ニコニコしてたからな。

月に一度のエヴァンスデイ。

一般人《ハチヘイル》と飯屋《めしや》に来た。

鞄の中でスンがスヤスヤだ。

「毎回その鞄《かばん》には何が入ってるんだい？」

「魔物です」

「またまたぁ、で、何が入ってるの？」

「スライム（緑）です」

「証拠は？」

鞄を開けて中を見せてやった。

ビビッた一般人《ハチヘイル》が剣に手をかけた。

M字に禿《は》げかかってるデコを小突いてやった。

チョイナって感じでな。

一般人《ハチヘイル》の行動に飯屋の皆がビビッた。

皆揃ってスライムを見に来た。

店主まで……。

可愛い可愛い言ってる。

当然だろ、俺のスンだぞ？

あ、町の警護兵が来た。

逮捕かしら？

まぁ、それも仕方がない。

逃げるけどな。

「君のスライムかね？」

「ええ、俺の親友なんです」

「ふむ……君は魔物使いなのかね？」

おぉ、馬車買わなくちゃな。

魔物使い……どうなんだろ？

使ってないよな？

チャッピーはたまに顎《あご》で使ってるけど……。

友達だしな。

「わかりません、ただ……友達です」

あ、スンが起きた。

「きゅ？」

寝起きスン激かわ。

「……可愛い」

この警護兵もスンの魅力に落ちたようだ。

当然だ。俺のスンだぞ？

「と、とりあえず町長の許しをもらわなくてはならないから、付いて来なさい」

まぁ、仕方ないか。

で、町長って誰？

◆　◆

ちょっと小太りの優しそうなおっさんだった。

隣には黄緑色のドレスを着た、キャスカに似た女が立ってた。

谷間なんか見せちゃって。

その山脈登らせろよ？

お？

「初めまして、私が町長のトッテム・アドラーだ。こちらは娘のキャスカだ」

名前まで一緒らしい。キャスカってのは女の子の名前によく使われるんだろう。

そうに違いない。

キャスカさんの口がヒクヒクしてるけど、顔面麻痺かなんかかしら？

「初めまして、レウスと申します」

「ほぉ礼儀正しい子だな。で、レウス君……君、魔物使いなんだって？」

だからわからないって言っただろうが。

ちゃんと伝えておけよ警護兵！

二度手間だろうが。

「わかりません、ただ……友達です」

許せ、ここはコピペ使った。

仕方ないだろう？　な？

「そのスライム、酸吐かないの？」

「吐きますが、俺が言わない限り吐きません」

おっさんと吐く吐かないじゃなく、女の子と穿く穿かないの話がしたい。


「きゅ？」

「……可愛い」


よし、このおっさんも落ちた。

「よし、いいだろう……町の者に危害を加えたらその時に処分を決めよう」

そんな事するかボケが。

俺のスンだぞ？　うちの子に限ってそんな事するわけないだろ。

「きゅきゅー、きゅきゅきゅ！」

何か言いたそうだ。

「すみませんが、紙と筆を貸してもらえますか？」

「ん？　そこにあるのを使いたまえ」

さすがスンだ、お礼を書いてる。


『初めまして、スンと申します。レウスの友達です。

この度《たび》は魔物の私に対して、このような計らいをして頂き、本当に感謝に堪《た》えません。

至らぬ点等々あるかとは存じますが、何卒宜しくお願い致します』

スン6歳だよな？

トッテムさんがとっても変な顔してるぞ？

「はぁ、宜しく」

スンが手を形成してトッテムと握手した。

俺より大人なんじゃないか？

「すごい魔物もいたもんだ……」

本当だな、どこぞの疾風（笑）のキャスカよりよほど教養がある。

キャスカさんらしき人が俺と目を合わさない。

しかし……似てるな？


「……疾風」

「っ!!」

「今、何か言ったかね？」

「いえ何も」


あぁ、あれキャスカか。

キャスカさんはキャスカだった。

鼻水出てないから気付かなかった。

今出てるけど。

キャスカ泣きそうだわ。あ、泣いた。

さ、帰ろう。


「では、失礼します」

「あぁ、またいつでも来たまえ」

「ありがとうございます」

「きゅきゅ！」


こうしてスンはエヴァンスの町を自由に歩けるようになった。

そして、すぐに人気者になった。

当たり前だ。俺のスンだぞ？

◆　◆

「――って事があったんだよ」

「……」

「おいチャッピー、聞いてるのか？」

「……ぷいっ」

今こいつ「ぷいっ」って言ったぞ。

３００３歳が「ぷいっ」とかってどうなの？

スンが町に入れる事に不満を覚えてるようです。

何で自分だけ入れないのか？　と。

ほんとガキだなこいつ。

仕方ない……魔法の言葉だ。


「さぁ先生、修行始めましょうよ？」

「……っ！」

反応有り。いや、有り過ぎだな。

もう既に尻尾振ってる。

微風から爆風だな。


「先生、やらないんですか？」

「う、うむ」


スンが飛ばされそうだ。

爆風から爆裂って感じだな。


「いきますよ先生っ！」

「さぁ来いっ!!」


スンが飛んで行った。許せ。

チョロいな、こいつ。
最後は爆裂から真空波って感じだったな。
スンは今頃どうしているだろうか？

……スンは1時間位で戻ってきた。
傷だらけの身体で、チャッピーに酸を浴びせてた。
チャッピーが土下座した日だった。

◆　◆

数日後、キャスカがやってきた。
「キャスカさんじゃないですか、今日はドレスじゃないんですか？」
キャスカが帰って行った。
往復8時間かかるのによくやるわ。
次回はからかうのやめてやろう。
その翌日来た。何の用だよこいつは？

「ちょっと付き合って欲しい」

「逢い引きか？」

「ちちち違うっ！」


乳乳やかましいな。

デートじゃないならなんだ？

「ダンジョン攻略……」

なんか臭《くさ》い設定出てきたぞパート2。

「チャッピー先生、ダンジョンって何？」

「良い質問です」

今キリッてなったなこいつ。

まぁ、知識だけは豊富だから黙って聞いてやろう。

「我《わ》が身に着けているこのスピードバングル。これにはまってる魔石は、ダンジョンでしか採取できません。ダンジョンには様々な魔物がおり、人間の魔石採取を邪魔します。何故魔物がいるか？暗い場所を好む魔物が多いのも事実ですが、その多くは人間によって住む場所を失った事が原因です。彼らは人間を憎み、見かけたら襲ってくるでしょう。勿論《もちろん》ハズレのダンジョンもあり、ただ魔物に襲われるだけ、という結果もしばしば起こると聞きます。一つのダンジョンに複数の魔石は存在せず、ダンジョン一つにつき最大一つの魔石しか採取できません。これはこの世の理《ことわり》と言えるでしょう。魔石は熱を発します。その熱を好んで魔石の近くにいるのはやはりそのダンジョンの親分。つまりボスです。レウス君、質問はありますか？」

うん、これだな。

いや、気持ちが悪いな。

いや、気持ち悪いな。

饒舌《じょうぜつ》過ぎてキモいな。

「ありがとうございました。で、なんでダンジョン？」

「ほ、欲しい魔石があるんだ……」

こいつどこで上目遣いを覚えたんだっ？

「なんでそのダンジョンに欲しい魔石があるってわかるの？」

「良い質問です」

なんでお前が答えるんだよ。

「かつて魔王によって決められた法があるのです。必ずダンジョンの入り口に、そのダンジョンにある魔石の詳細を記せ。これが魔王が定めた法です。先程の説明の中にあったハズレダンジョンですが、これは嘘を書いても良い事になっています。しかし、魔石の詳細の詐称は禁止です。つまりダンジョンにその魔石があるかないか。それだけなんです。ある勇者が統計として出したところ、ハズレが3割、アタリが7割です」


意味わかんねー魔王だな。

勇者は統計学に凝《こ》ってたのか？

あと、チャッピー気持ちが悪いな。

つまり70％の確率で欲しい魔石が手に入るのか。

悪い話じゃないな。ボスがいなきゃな。

「チャッピーどう思う？」

「んー、人間で行けるんだから、レウスなら行けるんちゃう？」

口調変わり過ぎなんだよこいつは。

「きゅっきゅ！」

「スンも付いて行くと言ってるYO☆」

最近チャッピーの様子がおかしいんです。

「わかった、付いて行くよ」

「本当かっ!!　が、頑張ろう！」

「チャッピーは……」

「我が入れるわけがなかろう」

口調が戻った。……だよな。

ダンジョンの入り口からこいつの火炎《ブレス》ぶっ放せば、なんか簡単に攻略出来そうなんだけどな……。

「レウス君、ズルはいけません」

ホント何なのこいつ？

第五話「ダンジョン」

エヴァンスから少し離れた森。

そう、一番最初にエヴァンスに来た時に、チャッピーとスンが待っていた森だ。

意外と近所にあるな、ダンジョン。

この調子ならユグドラシルの木の中にもあるんじゃないか？

「その通りだ、ユグドラシルの木の近くにもダンジョンの入り口があるぞ」

チャッピーがさらっと言った。マジか……でも難度高そうだな。

「入り口にはレベル１００以上になったら来いという注意書きがあった」


レベルシステムが現れた。

レウスは頭が混乱した。


アレだな、つまりこれは、かなり強くならなくちゃ無理って事だな。

「レウスはレベルシステムを知らないのか？」

「あ、ごめん教えてなかった」

マジであるのか、臭《くさ》い設定が出てきたぞパート3。

どうやってステータス画面開くんだよ。

あいにく俺はスタートボタンを搭載してないんだ。

チャッピー、そういう大事な事は教えろや。

「各町に寄り合いがあるのだ」

「私達の間では戦士ギルドと呼んでいる」

ギルドシステムか。

「町民からの魔物討伐依頼を請け負ってる」

討伐依頼……。

「討伐依頼をこなしていくとレベルが上がるのか？」

「いや、戦士ギルド認定の魔物を倒したら、その魔物に適したレベル証が発行されるのだ」

「魔物のレベル表は今度持ってくるわ」

どうやら指定された魔物の、指定された一部をその戦士ギルドに提出すると、倒したと認められるらしい。高レベルになると、高レベルダンジョンの情報をくれたり、高額の依頼を紹介してくれたりと色々特典があるらしい。

なんでもレベル80を超えると、剣の流派を開けるとか？

レベル80の敵はつおそうだ。

「ちなみに私はレベル20だ」

「我《われ》の角《つの》を持って行ってもレベルは上がらないからな」

「なんで？」

「レベル判定員じゃ、我の力を見られないから」

あぁ、こいつ自慢したかっただけか。

「確か普通のドラゴンでレベル60のレベル証が発行されるはずだ」

「最大レベルは？」

気になるからな。聞いておきたいだろ？

１５０まではレベル判定員が測れるのか、判定員つえーな。

「１５０だったはずだ」

「戦士ギルドには勇者が数人おるからな」

勇者が複数人いる事にビックリだ。

これなら魔王も複数人いそうだな。

「まぁ、勇者ランキングの話は今度でいいか」

勇者がランキング制度らしい。ふざけてるなこの世界。

しかし、勇者でもチャッピーに勝てないって事か。

なんか一生勝てない気がしてきた。

◆　◆

さて、着いた。

慣れた俺とスンは大丈夫だったが、キャスカは2回振り落とされた。

数十回俺とスンが助けたけどな。

助けられなかった回数が2回って事だ。

相変わらず鼻水がヤバイ。

ティッシュ製造はまだか、世界。


「じゃあチャッピーはここで待っててくれ」

「お土産《みやげ》よろ」

ダンジョンにお土産があるかボケ。

そこらの雑草でもむしって持ってってやるか。

いや、それでも喜びそうだなあいつ。


さて、ダンジョンの入り口だ。

草が生い茂って、見つかりにくそうだ。

ホントに看板がある……どれどれ？

『ハイスピードの魔石あり。

来れるもんなら来てみろやぁ!!』


この世界の魔物はユーモアセンスがあるらしい。

なんか倒したくないな。

キャスカは疾風（笑）から「（笑）」を取りたいらしい。

そんな気にすんなよ。な?

「おのれ魔物めっ!」

キャスカがノってる。

え、今そんな空気?

「きゅ?」

そうだよなスン。

まぁ、とりあえず侵入だ。


え、何これ暗い。怖いじゃん。

周りは岩、岩、岩。

スンがストンストンと降りていく。

キャスカは懐《ふところ》から木製の筒を取り出して、先端の蓋?みたいな物をはずした。

まっぶ！　おい、眩《まぶ》しいぞ！

なんぞそれ？

「これか？　これは光の魔石を埋め込んだ物だ。もう一つ持ってきたからレウスも持って」

THE懐中電灯。把握した。

光の魔石……なんか名前負けしてない？

光の魔石＝懐中電灯……。なんか変だ。


スンは夜目《よめ》が利く。

懐中電灯がなくてもドンドン進む。

スン怖くないの？

ワタシは怖いわよ？

「きゅきゅ、きゅっきゅ！」

うん、可愛《かわい》い。どこでも癒されるなこいつには。

……分かれ道に着いた。


魔物出なくね？　と思ったら出た。

「インプだ、爪と角に気を付けろ！」

ちっちゃい悪魔みたいな奴だ。
茶色というか褐色というか、羽と角が生えてて爪はネイルアートみたいだ。
岩にペタペタ張り付いててキモチワルイ。
それが、1、2、3、4、5。
どんどん出て来る。止まらない、止まらないのぉおお！
……止まった。

最初に5匹出ました。
その後10匹出てきました。
3匹倒したら4匹出てきました。
さて、残りは何匹でしょう？
弱いけど多い。
キャスカでも余裕で倒せてるし、スンは真面目《まじめ》に着々と倒してる。
インプの速度は疾風さんの半分程だ。
ユグ剣でスパスパ斬れる。やっぱ凄い剣だなこれ。
てか、スン強くね？
かわしざまにスンアタックが決まる。
アタックといっても、ゼリー状の形態を変化させて殴りまくってるだけだ。

ただリーチが長いからインプがバタバタ倒れてく。

はい、結果発表でーす。
キャスカは4匹、俺は7匹、スンが8匹。
何、この子。恐ろしい子っ。
「スン……強いな」
「きゅきゅきゅ！」
ホント強い。俺より強いんじゃね？
俺がどうやって倒したかって？
スンと一緒でかわしざまに斬っただけだよ。
血がびゃってなって、俺の服が台無しだ。
けどキャスカは全然汚れてない。
斬り方に工夫があるのか？
後で勉強しよう。
スンは打撃だしな。

はい、結果発表。
あの後100匹位現れた。

ここをインプのダンジョンと名付けよう。

結果聞く？

さっきの感じをそのまま割り振った感じだよ。察せ。

やはり斬り方に工夫があるみたい。

キャスカは基本、首を落としてる。危ない子だわ。

で、それ以外の部位を斬った時には、基本的にボクシングのヒットアンドアウェイみたいな要領だ。キャスカは返り血を気にしていなかったが、一撃で殺せなかった場合は必ず一旦離れるのが基本戦術らしい。反撃が怖いしな。

いや、勉強になる。

チャッピーの血なんてそうそう見ないからな。

これがダンジョンか、ゲームじゃ血なんて気にしないからな。

たまーに人間のものと思われる骸骨《がいこつ》が落ちてる。

やだ怖い。

じゃあダンジョン入るなよって？

自慢じゃないが俺は臆病だ。

寝てる時に現れる魔物とかマジこえーわ。

しかし、ある程度の力がないと、寝込みを襲う魔物に対処が出来ない。

近所にあるこのダンジョンの魔物なら、俺の寝込みを襲う可能性大だ。

なので死なない為にこのダンジョンに潜《もぐ》ってる。

死なない為に強くなってるのだ。


つまりあれだ。弱肉強食だ。

町でのんびり暮らしてもいいけど、デビルフォレストの時みたいに襲われないとは限らない。

こんな世界だしな。

そんな時、力がないと死んじゃうじゃん?

つまりそーいう事だよ。

理想は世界最強だが、今はチャッピーの両手で精一杯だ。

スンにも負けてるしな……。


「ここで最後だな」


最後の分かれ道だ。

分かれ道ごとに進んだ道の脇の岩に、剣で印をつけてきた。

高レベルのダンジョンともなると正確なマッピングを要するという話だが、疾風(笑)のキャスカが行くようなダンジョンならこれで十分だろう。

最後とは言ったが、この先にまた分かれ道があるかもしれない。現段階では最後だ。

で、本当に最後だった。

なんかキモいのがいる。

ハァハァ言ってて、涎《よだれ》べちゃべちゃ。

竜……に見えなくもないけど、どこか違う。

額《ひたい》に宝石みたいなのがあって、羽が生えてる。

色はなんか灰色？

「エメラルドガーゴイルだっ！　火炎《ブレス》に気を付けてっ！」

普通のガーゴイルじゃないらしい。

キャスカが懐中電灯を置いて、両手で剣を構えた。

結構マジらしい。

スンは……？

「きゅ？」

いつも通り可愛い。

お、動いた。

速度は疾風（笑）さんと同等くらい。

何だ雑魚《ざこ》だな。これがボスか。

あぁ、けど疾風（笑）さんには、やや荷が重そうだ。
スンが加勢する。
エメラルドガーゴイル……エメガー（仮）の右頬にスンアタックが炸裂。
おぉ、ふっとんだ。
エメガー（仮）が岩の壁に叩きつけられ、ヘケケケケとか言ってる。
キモい。ドMっぽい表情だ。
口開けた。火炎《ブレス》吐いた！
ナッ〇さんのカパッみたい！
スンの形態変化。なんか大盾《おおたて》みたいになった。
ガード！
ゼリーだよね？

俺は何してるのかって？
懐中電灯でエメガー（仮）を照らす役回りだ。
今度なんか上手《うま》い方法を考えよう。
これじゃ戦えない。
インプは雑魚過ぎて片手でいけたけどな。
キャスカがスンを踏み台にして跳んだ。

おい、踏むなよ。

着地ざまの斬首《ざんしゅ》。

疾風のキャスカじゃなくて、首切りのキャスカでいいんじゃない？

あのエメラルドほじくれば高く売れそうだな。

あぁ、やっぱりほじくるんだ。

生首を持って額をほじくる美少女。

うん、怖い。


さて、魔石は？

あぁ、奥に空洞がある。

あそこに無かったらしゃあないな。

「いこかー」

「うん」

「きゅ！」

空洞を行くと少し開けた場所に着いた。

なんかボォっと光ってる。金色だ。

何かおる……何あれ……馬？

胴体が黒くて体毛は金髪。

光ってる。
牙やべぇ。二本角やべぇ。
顔は龍みたい。
坊やが跨《またが》ってそうな龍だ。
どっかで似たようなのを……。
あぁ、どっかのビール会社のロゴだ。
どこだっけ……？

思い出した、キリ◯ビールだ。

「……騏驎《きりん》？」
キャスカ、何でも知ってるな。
どうやら麒麟《きりん》じゃなくて騏驎《きりん》と書くらしい。
まぁあれは人じゃ倒せないと思う。
騏驎《きりん》といえば伝説の霊獣ってのが一般的だ。
伝説が目の前にいる。無理だ、倒せるわけがない。

「帰ろう」

「う、うん……そうだな」

「きゅるるる……」

スンが震えてる。まぁ、そうだろう。


「君達は何者だ？」


おう、見つかったぜ☆　これは死んだかな？

「見つかったたっ、逃げろ！」

「きゅきゅ！」


キャスカが走った。もちろんスンも俺も。

あっさり回り込まれた。

馬車はないぞ。

すっげぇ速かった。

斬りつけたら「残像だ」とか言われそうだ。

斬りつけないけど。

「何者だと聞いている」

「レウス、こいつなんて言ってるんだ？」

キャスカがわからないのも無理はない。

魔物言語だ。

麒麟《きりん》って魔物なの？

まぁいいや。

紳士的に対応しよう。

「初めまして、レウスといいます。この子はキャスカ、このスライムはスンといいます」

「うむ、私は麒麟《きりん》。魔物と一緒だから喋れると思っていた。珍しいハーフエルフの子供もいるものだな？」

「そりゃどうも」

この言い方だと人間とは喋れないみたいだな。

しかし、あまり悪い印象を受けない奴だな。

「して、ここには？」

「この子がここの魔石が欲しかったみたいなので、俺はその手伝いとして来ました」

「きゅきゅ！」

「スン、中々愛らしい顔をしているな」

当然だろ。俺のスンだぞ？

「魔石とはアレの事かな？」

麒麟《きりん》がこのフロアの奥に目を向けた。

オレンジ色の光がボォっと光ってる。

どうやら70％の方に来られたらしい。

「おそらく」

「持って行きたまえ。私の目的の物ではなかったからな」

「魔石を探してるんですか？」

「うむ」

魔物が魔石探索……。

何か変な感じだな。変な麒麟《きりん》だ。

「帰ろうとしたんだが、アレの近くが暖かくてな、ついついウトウトしてしまった。そこへ君達が来たというわけだ」

「……はぁ」

まぁ、もらって良いというのであればもらって行こう。

「キャスカ、麒麟《きりん》があの魔石くれるってさ」

「本当か!?」

「取ってきな」

「う、うん！」

キャスカは走って魔石を取りに行った。

で、取ってきた。

すっげぇ笑顔だ。目尻垂れ過ぎ。

「さぁ、君達も目的の物を手に入れたわけだ。帰ろうではないか」

「はい」

「きゅ！」

「出口までは私も同行しよう」

「どうも」


こいつがいれば明るくて便利だな。

基本的に全て見渡せる。

さて、帰ろう。

道中、麒麟《きりん》はあれこれ質問をしてきた。

仕方ないから付き合った。

デビルフォレストで育った話をしてやった。

スンと出会った話をしてやった。

黒い鎧《よろい》の一団の話をしてやった。

どの話にも興味津々の様子だった。

で、出口に着いたわけだ。

「もう夕方か」

「結構な時間潜ってたな」

「では、私はこれで失礼しよう」

麒麟《きりん》がそう言った時、ダンジョン入り口前に巨大なドラゴンが降りてきた。

漆黒《しっこく》の皮膚、額にある凶悪な角、上顎《うわあご》から生える鋭利な牙。

巨大な羽を羽ばたかせ、見る者を凍りつかせる獰猛《どうもう》な黄金の瞳。

両手には死を連想させる鋭い爪。

人は皆、このドラゴンを畏怖《いふ》を込めてこう呼ぶ。

空の――、

「チャッピー」

「はい」

「驚かすなよ」

「すんません」

うん、引っ張ってごめん。
キャスカがビックリし過ぎて少し泣いてたからお説教は必要だろ？
あれ？　チャッピーと麒麟《きりん》が見つめあってる。
恋でもしたか？
いや、チャッピーには大地の支配者《アースルーラー》がいる……。
禁断のアレか？

「あれ、スカイルーラーじゃね？」
「あれ、麒麟《きりん》じゃね？」

あ、知り合いでしたか。

第六話　「仲間に……したくない」

麒麟《きりん》はチャッピーの知り合いだった。

それどころかマブダチレベルだった。

「我《われ》のダチだ」

「私のダチだ」

「はいはい」

この麒麟《バカ》も人前で無理してたヤツだ。

何だ、この世界は？

見栄っ張りが多いのか？

「レウス～、スカイルーラーとダチならそう言ってよぉ～。私達は２５００年前からずっとダチなんだから～。スカイルーラーのダチは私のダチだよぉ～♪」

この「～」。この伸ばし方やめて欲しい。

鳥肌が立つ。ちょっとカマっぽいな。


「麒麟《きりん》よ、我の今の名前はチャッピーだ」

「やだ～、可愛《かわい》いじゃない。どうしてそうなったの？」

「レウスが名付けてくれたのだっ！」

あ、すっげえ尻尾《しっぽ》振ってる。

名前付けられるのがそんなに嬉しいものなのかね？

この麒麟《バカ》、やっぱりカマっぽいな。

「きゅきゅ！」

スンも何かを感じてるのだろうか？

キャスカはようやく泣き止《や》んだ。

もう、お前帰れよ。


「レウス～、私にも名前付けて～♪」

うぜえな。

「付けて付けて～♪」

こいつに雷でも落ちないかな？

残念、今日は晴れだった。もう夕方だけどな。
しかし、名前か……。カマっぽい……オカマ。

「じゃあマカオで」
「あらやだ、いいじゃな～い♪」

いいんだ。

「我《わ》が名はチャッピー、偉大なる空の支配者である」
「私の名はマカオ、大いなる霊獣である」

なんか違うけど、顔だけはセリフに合ってるな。
つーか、この駄騨《バカ》、人間言語喋れるし。
さっきのフリは何だったの？
「私は神速のキャスカ、宜しくな！」
おい。その魔石手に入れたからって増長すんな、小娘が。
ようやく疾風（笑）が疾風（？）になったくらいだろ。
神速なんて１００年経っても無理だろ。

「じゃあマカオ、うちにおいでよ。１００年振りだしな」

「いくいく～♪」

そのセリフを吐くな！　吐き気がする。

自慢じゃないが、俺はまだイけないいんだ。

「あぁ、それじゃ私は、今日のところは帰るよ」

「あぁ、一人で帰れるか？」

「か、帰れるしっ！」

あぁ、なりきれない小娘だったわ。
５、６回こっち振り向いて帰ってってった。
何なのあいつ？


「ではレウス、スン、我の背中に乗りなさい」

「あれ、こいつは？」

「私は飛べるの～♪」

「きゅ!!」

「そうだな、それじゃ俺とスンはマカオの背中に乗せてもらうよ」

「え？」

「あら、いいわよ～。さ、乗って乗って～♪」

「……え？」

「チャッピー、何してるの、行くわよ〜」

「……レウス、我の背中は？」

お前の背中は命綱無しでバンジージャンプするようなもんなんだよ。

……あーあー、めっちゃ落ち込んだ。仕方ねぇな……。

「いやー、外側からチャッピーのかっこいい姿見たくてさー！」

「……!?」

「きゅーきゅ、きゅーきゅ！」

「……!!」

ほんとチョロいなこいつ。

トドメだ。


「先生はやくー！」

「フハハハハハハ！　我が名はチャッピー!!　偉大なる空の支配者なり!!」

だから支配できなかったんだろ？

まぁ、これ言うと相当落ち込むから言わないけど。

マカオの乗り心地はやはり良かった。

「あん、背中がくすぐったいわ～♪」

今度耳栓買ってこよう。

「きゅきゅ！」

わかったわかった、お前の分も買ってくるよ。

「なぁレウス！」

「どうしたのチャッピー！」

「我も会話にまぜてっ！」

………。

どうしようもないな、あいつ。

「レウス、なんで無視するの!?」

「してないよ！　もうすぐユグドラシルの木だから、それまで我慢して！」

こいつ、本当に今までどうやって暮らしてたんだ？

「あ～、ユグユグの木だっ。久しぶりだわ～♪」

ユグユグ？　ちょっとマカオ、生理的に無理。

こうして初のダンジョン攻略は終わった。

その夜はチャッピーとマカオが、夜通しくっちゃべってた。

マカオの声が頭に響くな。耳栓買おう。

「きゅー」
買ってくる買ってくる。

夜が明けた。
チャッピーとマカオがまだ喋ってる。
まぁ、積もる話もあるのだろう。
その日はスンと無手《むて》で勝負してみた。
結果は引き分け。
こちらが攻撃すると、スンがゼリーとは思えない硬度になる。
スンも最強を目指してるのだろうか？
とりあえずめっちゃ強い。
良い修行相手が見つかった。
「きゅきゅー！」
スンもそう思ったらしい。
また遊ぼうな。

チャッピーとマカオはまだ喋ってる。
なにせ１００年分の話だ、１年くらいは話してるかもしれない。

と思ったら、翌日マカオが話しかけてきた。

「チャッピーと修行してるんだって？」

「ああ」

「私も手伝ってあげるわ」

え、別にいらない。

「魔石探しはいいんですか？」

「そう、その事なんだけどね？　レウスを戦士ギルドにぶっこんで、高レベルにして、たくさんのダンジョンの情報を仕入れようって話が決まったのよ～♪」

どこで勝手に決まったんだそれは？

もしかしてあそこで寝てる犬《チャッピー》と決めたのか？

「そんな顔しないで～♪　レウスも強くなれて、魔石も集まって、私の目的とも利害が一致してるから、一石三鳥じゃない？」

今の話を要約すると、俺にとっては一石一鳥だって気付いた？

馬刺しにするか？

「ねぇ、どうかしら？」

「……」

「決まりね、良かったわ～♪」

待て、おい待て。

今の俺のセリフ「……」だったろ？

この三点リーダーが実はもの凄く小さい文字なのか？

まぁまて、「……」三点リーダーが二つ。

　つまり6文字だ。


「べつにいいよ」か？

あぁ、なら仕方ない。

そう見えたのなら仕方ない。くそが。

今夜は町《エヴァンス》に行って馬刺し食おう。


というわけで神速《のろま》のキャスカが来ました。

「勝負だレウス、今日の私は一味違うぞ！」

味わった事ねーよ。

味見していいならするけど？

そろそろ精神年齢もおっちゃんなんだぞ？

「賭けをしよう」

「へ？」

「俺が勝ったらキャスカは俺の言う事を何でも聞く。一つだけな。キャスカが勝ったらその逆だ。

わかったか?」

「いいいいいいいだろうっ」

いが多いんだよ。

ビックスみたいなセリフを吐くんじゃねぇ。


デーデーデーデー♪


神速《のろま》のキャスカが現れた。

神速《のろま》のキャスカの攻撃。

ミス。

レウスはあくびをしている。


神速《どんそく》のキャスカの攻撃。

ミス。

レウスは肘《ひじ》をボリボリ掻《か》いている。

神速《どんがめ》のキャスカの攻撃。

ミス。

レウスはキャスカのユグ剣に刃こぼれを見つけた。

神速《はなみず》のキャスカの攻撃。

ミス。

レウスはチャッピーを呼び、刃こぼれの修理依頼を出した。

神速《なきむし》のキャスカの攻撃。

ミス。

レウスはキャスカに「良かったな」と声をかけた。

神速《まけいぬ》のキャスカは逃げ出した。

しかし回り込まれてしまった。


「うぅ……アダヂは……じんぞぐの……うぅううう……」

何で泣いてるのこいつ？

まぁ、確かに速くなってた。

前のキャスカの１２０％ってとこだな。

でも、やっぱり疾風（笑）のキャスカでいいんじゃないか？

「さて、どんな命令しようかな……」

「ひぃ……うぅうう、殺せぇ……」

殺さねーよ。

さて、本当にどうしたものか……。

このままこいつが弱いままでもなぁ。

ダンジョンに勝手に潜《もぐ》って死んだら嫌だしなぁ……。

おぉ、そうだ！

「キャスカ、お前週に1回以上はここに来い」

「へ？」

「チャッピーとマカオとスンと俺を相手に修行しろ。そんで少しは強くなれ！」

「毎週来ていいの？」

ん？　なんだこの言い方は。

毎日来たいような言い方だな。

あれ、俺なんか間違えた？

それからキャスカは週5、6回来るようになった。

何がどうしてこうなった……。

◆　◆

――それから半年が経った。

色々あった。


まずマカオ。

あいつマジつえぇ。

こっちの攻撃が一発も当たらない。

けど、教えるのは上手《うま》い。

どうやらチャッピーより年上の模様。

５０００歳から先は覚えてないらしい。

魔物は歳を忘れる仕様らしい。

チャッピーとどっちが強いの？　と聞いたところ、地上ならマカオ、空ならチャッピーだとか。

まぁ、本気で戦う事なんてありえないらしいけど。


次にスンだ。

なんとスンがチャッピーとマカオに稽古《けいこ》つけてもらってる。

マカオが言うには、スンは既にここら辺のボスらしく、戦える魔物がいないそうだ。

何を目指してるの、この子？

スンはチャッピーの左手を数日で攻略した。

俺は少し泣きたくなった。いや、何でもないっす。

マカオには振り回されっぱなしだけど、チャッピーのアドバイスとマカオのアドバイスを統合して、メキメキ強くなってる。


んで、キャスカ。

多分……多分なんだけど、疾風と言えるまでにはなったと思う。

チャッピーが言うには、出会った頃の俺位……だそうだ。

まぁ、魔石使ってそれだから、まだまだだって事だな。

けどキャスカは神速って言い張るんだ。

誰か神連れて来て、神速を体験させてやれよ……。

最近は俺がスピードバングル外して無手の片手で、キャスカがユグ剣振り回せば良い勝負になる。

けど泣いちゃうからすぐ止《や》めた。

現在はチャッピーの左手に苦戦中。

……あれ、なんか卑猥《ひわい》じゃね？

そしてチャッピー。

なんとスンに3本目のユグ剣を作ってあげてた。

スンは手を形成しユグ剣を持ってる。

何あのスライム、無敵？

あ、これはスンの話になっちゃったな。

1回だけ俺、スン、キャスカ同席で、50％の力のチャッピーとマカオの模擬戦を見せてくれた。

勉強になるからって。うん、確かに勉強になった。

スンは開始2分で気絶した。

キャスカなんて最初の咆哮《シャウト》で気絶した。

俺は終始もりもりもり、じょろろろろとかってなってたけど、頑張って見てた。

マカオが速い。アレが神速っていうんだろうな。

で、あれが50％？　ふざけてる。

チャッピーの火炎《ブレス》を鼻息で消し飛ばした。

どこのテュ○ーン先生だよ。

チャッピーはやはり凄かった。

両手、尻尾、牙、角《つの》、火炎《ブレス》、後ろ足全部使ったら、ユグの枝がぶわあああって落ちてきた。

今度売ろう。

マカオは避《よ》けまくってた。

あの二人？　２頭？　戦いながら世間話《せけんばなし》してたよ。
ふざけてる。勝てる気がしない……。
その後１カ月はユグドラシルの木の周りには誰も来なかった。
ユグドラシルのダンジョンの中の奴らも怯《おび》えてたに違いない。

最後に俺か。
奇跡が１回起きた。
「……あっ」
チャッピーの爪を斬った。
切れた爪はドスってスンのそばに刺さった。
スンは超ビビってた。
チャッピーは爪の甲で受けたんだが、鋭い太刀筋《たちすじ》だったらしく、斬れてしまった。
「ふ、ふん、生え変わりの時期だったから仕方ないんだもんね」
これが犬《チャッピー》の言い訳。
そんな周期があるなんて初めて聞いたわ。
まぁ、爪は無くなった３日後には元の長さになってた。凄い細胞だな。

今度その爪を剣に出来る鍛冶屋《かじや》を探そうって話になった。

これは素直に楽しみだな。


で、戦士ギルドか。

俺の歳で戦士ギルドに来た奴は初めてらしい。

ギルドに所属する事になり、魔物のレベル表を500レンジで購入した。

とりあえずキャスカより下のレベルなのは納得できないから、ユグドラシルの木の根元にいたサウロスタウロスの首をちょんぱして持って行った。

その時のチャッピーとマカオは「ひってぇー」って言ってたけど、そんな事は気にしなかった。

サウロスタウロスは顔が恐竜で身体《からだ》は牛の、名前のまんまの魔物だ。

肉がなかなか美味《うま》かったりする。

サウロスタウロスの判定レベルは41。

戦士ギルドの面子《メンツ》は皆ビビってたけど、なんか間違ったか？

とりあえず俺はレベル41だ。

そしたらよ？　キャスカがよ？　なんか頑張っちゃってよ？

サウロスタウロスの首をちょんぱしやがった。

ってわけであいつもレベル41。

そうそう、スンはレベル49だ。

偶然見かけたリザードナイトを仕留めた。

リザードナイトは緑色のトカゲで、鎧《よろい》着て盾《たて》と剣を持って襲ってくる。

夜見かけたらちびっちゃうレベルだ。

スンは何故か、ギルド所属が認められた。

トッテム・アドラー《町長》の口添えもあったが、ギルドの判定員が気さくな奴で、紙に名前を書いたら所属させてくれた。

戦士ギルド初の魔物戦士らしい。

そりゃそうだ。

このレベルシステムで厄介な点は、倒せそうな高レベルの魔物を見つけるのが困難という事だろう。

まぁ、魔物を見つけるって作業もそのレベルに含まれてるって事だろうな。

どこかのユグドラシルの木の根元には超高レベルの魔物が2匹いるんだけどな……。

ダンジョンの話が最後だな。

この半年で10箇所のダンジョンに潜った。

敵やボスはどれも雑魚《ざこ》だった。

マカオの光がマジ便利。

アタリは六つ、ハズレは四つ。
70％の話の信憑性《しんぴょうせい》は高いな。
さすが勇者統計学。

手に入れた魔石は以下の通り。
■ハイスピードの魔石２個
■ハイパワーの魔石２個
■硬化の魔石
■黄金魔石

その中の二つはかなりのレアだ。
まぁ、名前でわかる二つの魔石の説明はいらないだろう。
え、いらないよな？　察せよ？
まず「硬化の魔石」。
身体が硬くなるんだ。
まぁ、防御力増加って感じなんだけど、俺はこの魔石にピッタリの魔物を知っていた。
「きゅ？」
そう、お前だ。

早速町の装飾屋にオーダーして、硬化のバングルを作製してもらった。

スンは普段体内にそれを入れておいて、戦いの時に形成した手に装着している。

体内に収納している時は硬化が発動しないようだ。

あの子の体内、一体どうなってんだ？


そして「黄金魔石」。

かなーりレアらしい。

1カ月に1回、魔石を産む魔石だ。

産む種類はもちろんランダムらしい。

情報は一般人《ハチヘイル》に聞いた。

一般人《ハチヘイル》が言うには、これを持っている事を周りに言わない方が良いらしい。

まぁ、そうだろう。

どんな魔石でも最低5000レンジで売れる。

それが1カ月に1回産まれるとしたら、そりゃウハウハですわ。

とりあえずそれは首飾りにして、マカオの首からさげさせてるから盗まれる事はないだろう。

地味にマカオが喜んでたな。

チャッピーが少し拗《す》ねてた。

……なんで？

ハイパワーの魔石をネックレスにしてスンの首頭から下げさせた。
ハイパワーの魔石をリングにして俺の左手に着けた。
ハイスピードの魔石をバングルにして俺の右手に着けた。
左手にはスピードバングルだ。
ハイスピードの魔石をネックレスにしてキャスカに着けさせた。
嬉しかったのかめっちゃ泣いてた。

最後にステータス紹介でもしておくかね。
まぁ見とけよ。

◆パーティメンバー紹介◆

●名前：レウス　●年齢：10歳6カ月　●種族：ハーフエルフ　●職業：魔物使い（剣士）
●装備：ユグドラシルの剣／丈夫な服（灰）／ブーツ（茶）／スピードバングル（左）／
ハイスピードバングル（右）／ハイパワーリング（左）
●技：斬岩剣《ざんがんけん》　●言語：人間言語／魔物言語
●レベル：41

●名前：スン　●年齢：約6歳6カ月　●種族：スライム（緑）　●職業：レウスの親友《マブダチ》
●装備：ユグドラシルの剣／スピードリング（尾）／硬化のバングル（手形成時）／ハイパワーネックレス（首？　頭？）
●技：酸／形態変化／スンアタック／大盾　●言語：人間言語／魔物言語（どちらも読み書きのみ）
●レベル：49

●名前：チャッピー（スカイルーラー）　●年齢：約3003歳6カ月（人間でいう20歳位）
●種族：犬《ドラゴン》　●職業：忠犬
●装備：背中にレウスとスンが乗ってくれない／スピードバングル（角）
●技：咆哮《シャウト》／火炎《ブレス》／尾撃《テイルアタック》／わがまま／落胆《ネガティブ》／他
●言語：人間言語／魔物言語／他は謎
●レベル：測定不能

●名前：キャスカ・アドラー　●年齢：15歳6カ月　●種族：人間　●職業：神速《はなみず》
●装備：ユグドラシルの剣／マント（赤）／ブーツ（茶）／ショートパンツ（緑）／スピードリング（左）／ハイスピードネックレス（首）

●技：斬岩剣／鼻水／泣く／喚《わめ》く／帰る　●言語：人間言語
●レベル：41

●名前：マカオ（麒麟《きりん》）　●年齢：５０００歳6カ月（人間でいうところの50歳位）
●種族：オカマ　●職業：オカマ　●装備：黄金のネックレス（首）　●技：神速（本物）
●言語：人間言語（読み書きは出来ない）／魔物言語
●レベル：測定不能

第七話　「来客」

魔石の説明させて？

言っとかないとわかんないと思って。

優しいだろ俺？


魔石は装飾屋に頼めばアクセサリーにしてもらえる。

アクセサリーは指輪《リング》、腕輪《バングル》、首飾り《ネックレス》で全てだ。

リングは二つ、バングルは二つ、ネックレスは一つまで装着できる。

試したらチャッピーは角《つの》で効果が現れる。

スンは尻尾《しっぽ》、頭、手の１箇所ずつで効果が現れる。

マカオは首、角２本で効果が現れた。

サイズ的に装着出来れば、もう少し増えるのかも？

当然、全部の指にリングを着けようとする奴も現れるらしいが、最初の指にはめた魔石の効果しか現れないようになっている。

理由？　知らねぇよ。

チャッピーやキャスカが言うには、それが世界の理《ことわり》とか、都合の良い事言ってきた。

んで最後に……大きな都ではウェポンエンチャントという技術が存在するらしい。

武器に魔石をはめ込む技術だ。

はめ込む……んー、埋め込む技術かな？

武器によって埋め込める数が違うらしい。

キャスカのブロードソードは１個入るそうだ。

ユグ剣は、その鍛冶屋《かじや》に見せないとわからないとか？

まぁ、３個以上魔石が埋め込める武器はレア武器だそうだ。

ユグ剣なら入りそうだな。

ウェポンエンチャントは非常に高額だそうだ。武器によって値段が変わる。

埋め込んだ魔石は二度と取り出せない。レア武器に安価な魔石を入れられないって事だな。

入れてもいいけど、勿体《もったい》無い。


いいよね？

これ、前振り終わったよね？

別にウェポンエンチャントしに来た訳じゃないんだからねっ！

まぁ、振りは鍛冶屋のとこだけだ。後はおまけみたいなものだと思ってくれ。

そんなわけで私《わたくし》、西の国にあるチャベルンの町まで来ております。

でかい。エヴァンスがすっぽり7個くらい入る感じだ。

なんと、今日はソロです。一人旅です！

因《ちな》みにチャベルンの北東にユグドラシルの木があって、その南東にエヴァンスがある。

実は近かったチャベルンちゃん。ユグドラシルの木から走って30分。

因みに8歳の時にエヴァンスまで30分かかってたけど、10歳になった今は20分程で着くぞ。

これ自慢な。

んで、この町には忠犬《チャッピー》の爪を剣に加工してもらう為に来たのだ。

クエストっぽいなこれ。

スンも来たがったんだけど、来られない理由があった。

鞄《かばん》に爪が入ってる。その中にスンを入れようとすると、きっとちょんぱだ。

チャベルンに着いた時、鞄の中には爪とスンの死体が入ってそうだからやめた。

鞄が斬れるだろうって？

俺が慎重に持ったから大丈夫だ。そういった突っ込みは回避するぜ？

スンについては剣が出来たら連れて来てあげよう。

チャベルンの町並みは木造建築の多いエヴァンスとは違い、石造建築の家が多かった。

この町の一般人《ハチヘイル》を探そうと思ったけど、親切な事に町の東西南北の入り口、そして中央に戦士ギルド用の案内板があった。鍛冶屋は……南だな。

まぁ、支配者《チャッピー》の爪だからな。きっと加工に値が張るか、「うちじゃできない」とか言われるんだろう。クエストってのは大体そんなもんだ。

値が張った時はユグドラシルの枝で錬金《れんきん》をしよう。

出来ないと言われたら、出来る場所を聞こう。

それがクエストだろ。

一応金は持ってきた。この半年で結構貯まった。全財産251万レンジ。

これで足りなきゃしゃあないな。錬金だ。


南地区は治安が悪そうだ。

ひでぶって言いそうな奴らが結構いる。

お金は鞄に入ってるし、その鞄は慎重に持ってるから大丈夫だろう。


他の家より少し大きい石造建築の家に着いた。

入り口には金槌《かなづち》だかハンマーだかの金属の看板があった。

ここが鍛冶屋っぽい。ここが鍛冶屋じゃなかったら、どこが鍛冶屋なんだってくらいカンカン響いてる。

「お邪魔します」

「あぁ?」

店の主人……モヒカンだ。

ガタイが良くて左足がない。モヒカン以外は禿《はげ》だけど、髭《ひげ》は剛毛。

「素材から剣への加工をお願いしにきました」

「ほぉ、坊主の剣か？」

「はい」

「ん、お前ぇ、ちょっとその剣見せてくれねぇか!?」

ユグ剣か。お目が高い。

こちらは、さるお方の力作でございます。

刀身は両刃、柄《つか》は持ちやすく、斬れ味は保証させて頂きます。

製造時間はおよそ半日、左手のみで造られたひと振りです。

「どうぞ」

「こりゃあ……ユグドラシルの剣か！」

「はい」

そんなまじまじ見るとこをチャッピーが見たら、きっと頬が酸化した血の色に変わるだろう。

「すげぇ一品だな、初めて見たぜ」

このユグドラシルの剣を「初めて見た」という事は、チャッピーの爪の加工は難しそうだな。

「で、加工するのは？」

「これです」

カウンターに犬《チャッピー》の爪を置いた。

一瞬、店主のモヒカンが光った気がした。いや、確かに光った。

そしてその店主が固まった。まぁ、そうだろうな。

おい店主《モヒカン》、そろそろ動けよ。

「あの、可能でしょうか？」

「おめぇ、これを一体どこで……？」

質問に答えろよ。

それじゃテンプレじゃねーか。

「俺が斬り落としました」

「冗談……じゃなさそうだな。あの剣の使い込みようはかなりのモンだったしな」

お前やるな、褒めてやる。で、どうなんだ？

「ん～……」

結論から言えよ。そのモヒカン斬り落とすぞ？

「結論から言うと、出来る」

お前すげーな。

俺の心読んだのもすげーけど、この爪を加工出来るって事がすげーよ。

「何が必要ですか？」

ここは時間を省かせてもらうぜ？

まぁ、このテンプレ親父の事だからな。

金と時間と材料ってとこだろ。


「金と時間……それと材料だな」


おい。少しは捻《ひね》れよ。

いや、しかたねーけど。

「お金はいくらほど?」

順序よく聞いていこう。

回り道はしたくないからな。

「100万だ」

「はい」

とりあえず、鞄から革袋を出して100万レンジをカウンターに置いてやった。

「お前ぇ、なにもんだ?」

「で、時間は?」

時間かけたくねーんだ、さっさとしろぃ。

「材料が手に入って、数カ月ってとこだな」

よし、ここまで来たぞ。

これが難問じゃなきゃいいんだろうが……、さて……。

「で、その材料は？」

「これより小さくて構わない。これと同じ材質の物があれば……」

なるほど。……さて、チャッピーの爪を斬りに行くか。

先っちょだけ。

そう先っちょだけ斬ってくればいいんだから。

先っちょだけ。


「わかりました、今日もしくは明日にその材料をお届けします」

「で、できんのかい!?」

「楽勝です。その爪とお金は預かっておいてください」

「お、おう！」

さて、加工は可能だとわかったんだ。

とりあえず帰ってチャッピーをちょんぱだ。

◆　◆

で、囲まれた。

チンピラAが現れた。

チンピラBが現れた。

チンピラCが現れた。

チンピラDが現れた。

チンピラEが現れた。


「へっへっへ、さっき鍛冶屋の窓の外から覗かせてもらったぜぇ？　すんげぇ金持ちだな、俺達にもお小遣いくれよ？」

「なぁ、少しだけ恵んでくれよ？」

「よこさねーと、どうなるかわかってるよなぁ？」

「グフグフ、グフフフフッ」

「殺《や》っちゃう？　もう殺っちゃう？」


この町はテンプレを吐く奴等が多いな。

このテンプレーズは俺の金が欲しいようだ。残り151万レンジ……さてどうしたものか……？

……5人か。


「じゃあ、これを」

「「「「「え？」」」」」


一人10万ずつ渡してやった。

感謝しろ、50万レンジっていったら一般人《ハチヘイル》の給料十カ月分だぞ。

「そのお金でちゃんとした服買って、真っ当な仕事に就いてください」

「あ……え？」

「次見かけた時、更生してなければ、その服をちょんぱしますから」

「あ、はい」

ふふん。あの五人の若者がどうなるか、おじさん楽しみ♪

◆　◆

で、帰ってきた。

そして漏らした。もりもりもりもりって感じだ。

ホント、酸化した血の色って感じ。あ、肌の話ね。

羽はあるけど少し小さい。アンの瞳以上に深く紅い瞳。チャッピー並の大きな身体《からだ》。

あれはなんだ……戦車のような身体だな。

後ろ足が異様にデカい。

手は小さいけど、マジで怖い爪が生えてる。

額《ひたい》には角が二本。

牙が強烈な印象だ。

なんだろ、羽の生えたTレックス巨大化版みたいな？

ピ○ルがビックリしそうな感じだ。


あ、オカマが来た。

「お帰りレウス～、お客様が来てるわよ♪」

あれを客というのか。あれは現世では怪獣というんだ。

怪獣に知り合いはいない。

「あぁ、レウスにじゃなくてチャッピーのお客様よ?」

だろうな、あれはどう見てもチャッピーサイズだ。

「で、あれはなんだ?」

「あれは大地の支配者よ♪」

大地の支配者《アースルーラー》きたこれ。

あ、チャッピーがデレデレしてる。

キモいキモい。

その少し離れた場所で、スンとキャスカが闘ってる。

キャスカが剣を振る。

スンが身体で受ける。

カキーンっていったわ。

硬化の魔石すげぇ……。

で、キャスカがいつも通り泣く。

で、スンがいつも通り慰める。

そして慰め失敗。

あ、俺に気付いた。

更に泣いた。もう帰れよ。


あぁ、そうだった忘れてた。

チャッピーの爪斬り落とさなきゃ。

けど邪魔しちゃ悪いかな？

いや、今日中にもっかいチャベルンに行くんだ。

「チャッピー」

「おぉ、レウスか。この子が前に言ってたアースルーラーだ」

子って図体《ずうたい》じゃねーだろ。

あ、目が合った。殺される。

「あらやだ、可愛《かわい》い子じゃない」

おばさんみたいなドラゴンだな。

「なによチャッピー、こんな可愛い子なら手紙に書いてくれればいいじゃない！　わかってたらお土産《みやげ》持ってきたのに」

今、手紙って言ったな。

こいつら手紙システムを導入してるのか？　サイズと配達手段が気になるな。

既にチャッピーの改名を知ってたのか……やはり手紙に？

それとも俺が出掛けてる間にもう話してたのか？

とりあえず殺されたくないから最初は紳士だ。

「初めまして、レウスです。チャッピーにいつも稽古《けいこ》つけてもらってます」

「私はアースルーラー、よろしくねレウスちゃんっ」

チャッピーが尻尾を振り始めた。早めに用事だけ済ますか。

「チャッピー頼みがあるんだ」

「ん、なんぞ？」

「あの爪さ、加工出来るらしいんだけど、加工するには爪の先っちょがもう一つ必要なんだ」

「うむ、そういう事なら仕方ないな……ほれ」

チャッピーが指を差し出した。

なんかシュールだな。


「よっ！」

チャッピーの爪の先っぽを20センチ程斬る事に成功。

なんだ、おばさん。

「レウスちゃん」

「私にも名前付けてちょーだい」

名前付けると、ここで生活するジンクスが出来つつあるから怖いな……。

「お・ね・が・い・♪」

寒気がした。

チャッピーが嫉妬《しっと》してる。

安心しろ。この怪獣はお前のだ。

しかし名前か。

オバサン恐竜。オバサンサウルス……。

オバルス。これだな。

「じゃあオバルスで」

「あらやだ素敵」


どこがだ？

「あぁ、とても素敵だよオバルス……」

「やだ、チャッピーったら……」

なんだ結構いい雰囲気だな？

俺が勝手に片思いだと思っていただけか。

お似合いだしいいか。

決して俺の前で交尾はするなよ。是非数キロ離れた場所でやってくれ。

「スン、チャベルン行くけど来るか？」

「きゅきゅ!!」

今回の爪の大きさなら鞄に入れる必要はないだろうからな。

キャスカが仲間になりたそうにこちらを見ている。

でも、キャスカ遅いしな……。

あぁ、そうか。

「マカオ、キャスカ乗せて付いて来てくれよ！」

「は～い♪」

キャスカはマカオにライドオンしてチャベルンにゴーした。
マカオから見ると俺は遅いだろうけど、こいつは不満言わないからな。
ドＭっぽいし。

◆

◆

さて、チャベルンから少し離れた湖に着いたが……。
んー……どうしたもんか。
マカオが行く気まんまんだ……。
スンも今回は歩きたいみたい。
つまり町に魔物が２匹現れるわけだ。
スンは戦士ギルドに所属してるからなんとかなりそうだが……。
マカオ《オカマ》はなぁ……。
馬って事に出来る……わけない。
よし、とりあえず行ってみよう。
はい、入り口まで来ました。
ただいまチャベルンの警護兵に取り囲まれてます。

キャスカがテンパって、スンが——、

「きゅ？」

可愛い。

「レウスより良い男がいないわね」

マカオ《オカマ》なんて——、

死ねばいいのに。

まぁ、言い訳から始めよう。

「私は魔物使いのレウスです！　この町に魔物を入れる許可を頂きたい！　この子はエヴァンスの町長、トッテム・アドラーの娘、キャスカ！　そしてこの子は、魔物でありながら戦士ギルドに所属しているスンです！」

「あらレウス、あなた魔物使いだったの？」

オカマ《お前》は黙ってろ。

キャスカの名前を少し利用させてもらったが、ようやくキャスカも混乱から回復してきたみたいで、状況がわかってきたっぽい。

なんか偉そうな警護兵が出てきた。

「申し訳ないが、そういう判断は私達では出来ない。今からチャベルンの長、ダニエル・ホッパー様がこちらにいらっしゃる。それまでの間、町には入らず、ここで待機をお願い出来るだろうか？」

「わかりました」

「は～い♪」

お前やっぱ帰れよ……。

「きゅ？」

スンはいいんだ、可愛いから。


待つ事20分。町からおっちゃんが出て来た。

なんかスーツっぽいの着てピっとしてる。

気の良さそうな顔だけど、はてさて実際は？


「君が魔物使いかね？」

「はい、レウスといいます」

「ダニエルだ、よろしくレウス君。おぉ、キャスカちゃん、久しぶり」

「お、お久しぶりですダニエル様！」

ちゃん？　はなみず《こぃっ》が？

「そして、戦士ギルドのスン君かな?」

「きゅ!」

おぉ、このおっちゃんなんか良いぞ! 大人だ!

「して、君は?」

「あら、なかなか良い男じゃない♪」

言葉選べよ、糞《くそ》が。

「彼はマカオ、伝説の霊獣、騏驎《きりん》です」

「おぉ、あなたが……」


ところで霊獣って魔物なの? って思っただろ?

マカオに直接聞いたら、魔物に属するらしい。

あ、この世界だけの話だからな?

フィクションですと言っておくべきか?

まぁ、そういう事だ。


「よろしく~」

威厳がねぇな。

「ダニエル様、この町にこの二人が入る許可を頂きたく思います。もしそれが難しいというのであれば、この二人にはここで待機するように言いつけます」

「ふむ、まぁ私は構わないのだが、住民が不安がる事を懸念しているのだ」

「でしょうね……」

だよなー……あ、こういうのはどうだ？

「では、ダニエル様がこのマカオに跨《またが》ってはいかがですか？」

「おぉ、それは良い考えだが……いいのかね？」

「えぇ、いいわよ♪」

「スライムなら歩いてもそこまで気にならないかと思います。なんなら2、3人護衛を付ければ……あ、まぁ、少し図々しいですかね」

「いや、私は珍しい物や事には目がなくてな、構わぬよ」

あぁ、ＲＰＧにこんな人いるいる。コレクター的なヤツな。

「ところで、レウス君はこの町に何の用が？」

「南地区の鍛冶屋に依頼があるんです」

「鍛冶屋……モヒカンの所か」

おい、それ名前なのかよ。

「長居はしません。依頼を終えたらすぐ帰りますので」

「気にしなくて大丈夫だ、では行こうか」

「はい」

このおっちゃん良い人だ。

こうして俺達は、魔物《なかま》を連れて町に入る事に成功した。

第八話　「不安」

ダニエルは本当に気の良いやつだった。

町の人からの信頼も厚いみたいだ。

少しスンに驚き、マカオを見てかなりビビってたけど、どいつもこいつもダニエルに挨拶してた。

人望すげーな。


で、なんか変な子がいた。


「ははははは、トッテムさんは相変わらずだなぁ」

「ええ、父もダニエル様にお会いしたいと思いますわ」

「うむ、今度エヴァンスまでご挨拶に伺うとしよう」

「はい、父も喜ぶと思います。美味《おい》しい料理をご用意してお待ちしてますね♪」


誰、あの子？

俺の知ってる子じゃない。

キャスカは鼻水垂らしてなんぼだろ。

神速とか言ってみろ？


「あん、背中に大きいのが当たってる～♪」

「おぉ、すまない、私のは馬並みですぞ！」

「まぁ、素敵♪」


天下の往来で何をしゃべってんだこいつらは？

しかし馬並みは凄いな。

マカオ、そいつあげるよ。

キャスカの顔が真っ赤だ。

おい、馬並み《ダニエル》の下半身をガン見するんじゃねぇ。

まぁいい、キャスカ《そいつ》もあげよう。


さて、店主《モヒカン》の家に着いた。

もう夕方か……西日が眩《まぶ》しいぜ。

ダニエルが扉を開ける。

「モッヒー、いるかね？」

略せてないあだ名だな。

「おぉ、ダニーじゃねぇか！」

これは普通だな。

あ、店主《モッヒー》と目が合った。


「おぉ、坊主じゃねぇか！　なんだ、スライムっ？」

「彼は魔物使いなのだよ」

「へぇ、そりゃすげーな！　で、何の用だ？　って……まさか、アレか!?」

そう、アレだ。

カウンターに20センチ程のチャッピーの爪を置いてやった。


「ハッハー、坊主、お前ホントにとんでもないな！」

「俺はレウスといいます」

「ハッハッハ、よろしくな、坊主!!」

ほんとにいるんだ、こんな人。

「どれぐらいで出来ますか？」

「んー、９カ月ってとこだろうな」

確かに数カ月って言ったしな。

数カ月は2から9だもんな。

最大数だって文句言わないよ。

最初から9カ月って言えよとか思わないよ。

「わかりました、よろしくお願いします」

「出来たらどう連絡する？」

あ、どうしよう。

連絡する人がユグドラシルに来たら、「おったまげたぞ」とか言いそうだしな。


「じゃあ、はなみ……キャスカの家に連絡をお願いします」

「キャスカ？」

「この子です。エヴァンスの町長の家ですね。彼女はその娘なんです」

「ほぉ、了解だ」

「よろしく頼むよ、モッヒー！」

「任せろダニー！」


さて、用事も終わった事だし、帰るか。

「では、屋敷まで案内しよう」

ん？　そんな話、したっけ？

「さすがにキャスカちゃんをそのまま帰す訳にはいかないからね」

キャスカ《こいつ》のせいか。

鍛冶屋《かじや》を出て、再度マカオに跨《またが》るダニエル。


「あん、おーきい～♪」

死ね。


さて、ダニエルの屋敷とやらに着いた。

デカい……これは馬並みどころじゃないな。チャッピー並みだ。

こんな屋敷に招待されて起きるイベントはただ一つだ。

デカい部屋に、デカいテーブルに、無駄な装飾の椅子。

まぁ……基本だよな。

「口に合うかどうかはわからないが、さぁ、遠慮なく食べてくれたまえ」

「いただきます」

「いただきまーすっ♪」

おい、キャスカさんから神速《はなみず》に戻ってるぞ。

「マカオ殿には飼《か》い葉《ば》で良かったのかね？」

「あぁ、あいつは悪食《あくじき》なんでなんでも食べます」

そうあいつはユグ葉でも、そこら辺の雑草でも、そこら辺の石でもなんでも食う。

威厳は皆無だ。

スンは端《はし》で水をレロレロしてる。


「きゅきゅきゅきゅきゅー！」

美味《うま》いらしい。

そして可愛《かわい》い。

「ハッハハッハ、今日は楽しい日だ」


まぁ、こんな日も悪くない。

一つの不安が頭から離れないけどな。

食事はゲロうまだった。肉うま！

前世で行った高級焼き肉店なんか目じゃなかった。

この肉の事を聞いたら、判定レベル64の「松坂頭《まつざかこうべ》」という可愛いけどめっちゃ強い牛の魔物だそうだ。見つけたら絶対ちょんぱしてやる。

まぁ、その日の夜は泊めてもらう事になった。

一つの不安が頭から離れないけどな。

俺とスンが同じ部屋、キャスカは隣の部屋で寝る事になった。
ベッドマジ気持ちいい。今度町で絶対買おう。
俺はこの10年間、なんで硬い土の上で寝てたんだ？
まるで野生児じゃないか！
あぁ、野生児だったわ。
これからは文明を取り入れよう。
むしろ町に住みたいな。
一つの不安が頭から離れないけどな。

で、朝になりました。
「きゅうぅ……きゅううぅ……」
スンの寝顔、マジ天使。
とりあえずイベントを起こしに行こう。
隣の部屋で眠るキャスカを起こしに行くと、キャスカは既に起きてて着替え中。
これだ。これがもし本当に起これば、……おもしろいだろ？
行ってくるでアリマス！

「キャスカ、おはよー」

「……」
「……」
「……」
「やっぱ乳でかいな」

あ、泣いた。
てか、ホントに起きた。
イベント盛りだくさんだな、世界。
サブイベントも期待しよう。

朝からキャスカが口をきいてくれない。
まぁ、そうだろう。
けど俺は気にしない。問題ない。
問題なのは、昨夜から頭を離れない「不安」の方だ。
帰り際にダニエルが俺にこんな事を聞いてきた。

「そういえばレウス君はトッテム殿の家に住んでいるのかい？」
「いえ、家無しです」

「ん、どういう事かな？」

「聖なる木、ユグドラシルの根元で暮らしてます。魔物は町には入れないですからね」

「この町であれば歓迎するからね」

「いえ、ありがたい話ですが、おそらく無理でしょう……」

「ん、それは一体？」

「もう1匹いるんですよ……巨大なのが」

「なるほど、では、時間があったらそちらまでご挨拶に伺おう」

「はい、お待ちしてます。それでは……」

「うむ、気をつけて……。キャスカちゃん、またね」

「はい、お世話になりました」

キャスカさん登場。

◆　◆

はい、ただいま。

おう……不安的中だぜ。

ユグドラシルの枝の上で、デカい背中が超猫背になってる。

項垂《うなだ》れるっていう単語を、そのまま体現してるようだ。

なんか聞こえる。

「我《われ》は捨てられた空の支配者チャッピー。レウスもスンもキャスカもマカオもいない……我一人。レウスは帰ってくる……帰ってこない……帰ってくる……帰ってこない……帰ってくる……帰ってこない……帰ってくる……帰ってこない……」

聖なる木、ユグドラシルの葉が犬《チャッピー》によって毟《むし》られていく。

とんでもない量だ。後で掃除させよう。

全部毟るまで何年かかると思ってるんだこいつは？

「ねぇレウス、チャッピーどうするのよ～？」

「とりあえずほっとく」

「あらそう？」

どうやらオバルス《オバサン》は帰ったようだ。

相乗効果だな。まぁ、いいや。

「マカオ、ちょっと相手してよ」

「は～い♪」

「スンはキャスカの相手してあげなー」

「きゅ！」

もうチャッピーは俺の存在に気付いてるみたい。

悪いな、今修行中だ。

「レウスは構ってくれる……構ってくれない……構ってくれる……構ってくれない……構ってくれる……構ってくれない……構ってくれる……構ってくれない……」

上から大量の葉が降って来る。後で掃除させよう。


「はぁ……やっ！」

「こっちよ～♪」

「くっ……だぁっ!!」

「うふふ、アタシを捕まえてごらんなさ～い♪」


今夜は馬刺しだ。決定事項だ。

ユグドラシルの葉の山が出来ている。

そうだな……一般人《ハチヘイル》１００人分くらいの葉の山だな。

後で掃除させよう。


「神速ぅ、神速ぅうう!!」

「きゅきゅ！」

なんだその掛け声は？

神速がスライムにスピード負けしてるぞ。


マカオは俺の攻撃が当たらないギリギリの速度を出してくれる。

うざいけどな。

口うるさいのは悪い事ばかりじゃない。

「ほらほら、その軸足すぐに体重移動させて♪　そう、そしたら右手の剣を左手に持ちかえる♪

そこは斬るより突く♪」

指摘満載だ。

「突かれるのがたまらないのよね♪」

うざいけどな。


ユグドラシルの葉の山がどんどん積もってる。

そうだな……一般人《ハチヘイル》３００人分くらいの葉の山だな。

後で掃除させよう。


「は～い、今日はここまでにしましょう♪」

「あざーっす」

スンとキャスカも一段落したようだ。

「ふん、今日はここまでにしといてやるっ」

「きゅきゅーきゅ」

どうみても先生はスンだろう？

スンは優しいなぁ。

「さて、飯《めし》にするかー」

「は〜い♪」

「きゅー！」

「わ〜い♪　ねぇねぇレウス、今日は何!?」

お前さっきまで口きかなかっただろ。

脳内食べ物ばっかじゃねーか。

さて、何食おう……。

判定レベル64の「松坂頭《まつざかこうべ》」でも歩いてないかな？

あぁ、でも今日は馬刺しって決めたんだった。


ユグ葉ユグ葉……。そう、ユグ葉は便利だ。

メモ用紙代わりになる。町で買った筆で、馬肉の量を書く。

「スン、お使いだ！」

「きゅ！」

「マカオに乗って、エヴァンスでこのお肉買っておいで」

「きゅいーー！」


スンは俺の鞄《かばん》の中の革袋からユグ金貨（1万レンジ）を取り出し、体内に取り込む。

ホント頭の良い子だ。

あぁ、そういえばこの半年の間に、マカオはエヴァンスに入れるようになったんだ。

今では一般人《ハチヘイル》と世間話《せけんばなし》をする程、あの町に馴染《なじ》んでる。

この二人……もう「人」でいいよな？

この二人にはちょくちょくお使いを頼む。

文句を言わず買いに行ってくれる。

使ってるつもりはないからね？

けど、これを見たら魔物使いと言われても仕方がないような気がする。


「行ってきま～す♪」

「きゅきゅーー！」

ちなみにマカオは、お使いの時マックスの速度を出す。

エヴァンスまで1分で、帰りも1分だ。

お使いだけなら5分で戻ってくる。

最初スンはそのスピードで気絶しまくりだったが、最近慣れてきたそうだ。

スンは最高速度に耐えられるが、俺には50％くらいが限界だ。

一度最高速度を体感した時、身体《からだ》に切り傷出来まくりんぐだった。

身体が持たないとはこの事を言うんだろう。


「ごっはん、ごっはん♪」

キャスカは飯時《めしどき》はいつもあんな感じだ。

町長トッテムは遅くなったり泊まったりするキャスカを怒る事はない。

寛容すぎるだろ。こいつ危ない奴等《やつら》にすぐ連れていかれるぞ？


さて、飯の準備をしなくちゃな。

今はそうだな……一般人《ハチヘイル》１０００人分くらいの葉の山だな。

そろそろいいかな。

「チャッピー、そろそろご飯だよー！」

「レ……レウスが……」

「キャスカ耳塞《ふさ》げ」

「ん……こう？」

俺も俺も。

「レウスが構ってくれたぞぉおおおおおおおおおおおおお!!」

火炎《ブレス》が遥か彼方《かなた》まで飛んでいった。
耳を塞いでいたキャスカが気絶した。
俺はさすがに大丈夫だったけどな。
ユグドラシルの根元にある水場に魚が沢山浮かんでる。
おぉ、これは新しい捕り方だな。今度実験しよう。
チャッピーを拗《す》ねさせて復活させるなんて簡単だからな。
酷《ひど》い奴だろう？　大丈夫だ、あいつの性格も酷いから、どっこいどっこいだ。

マカオとスンが、かなり焦げて帰ってきた。
どうやらクリーンヒットだったらしい。
スンはギリギリで硬化を発動させて防いだらしい。
おい、気を付けろまじで。
俺のせい？　いや、チャッピーのせいだ。

そういう事にしとけ。

「もう、髪が台無しよぅっ」

「きゅきゅきゅ!!」

二人とも犯人はわかっていたみたい。

とりあえずチャッピーは土下座してた。

その日、チャッピーは一般人《ハチヘイル》１０００人分の葉を食いまくってた。

ちょっと辛そうだったが、自業自得だ。


キャスカを起こして、火炎《ブレス》でまる焦げの馬肉を食った。すげぇ苦い。

無理だと悟り、仕方なく水場に浮かんでる魚を数匹捕って食った。

まる焦げの馬肉は、マカオが超うまそうに食ってた……。

あいつの味覚はおかしい……。


キャスカが帰るという事なので、送ってってってやった。

今朝は悪い事をしたからな。紳士だろ？

キャスカの顔が固まってる。

なんなのこいつ。

「おおおおお送ってくれて……その、ありがと……う」

おが多い。


「まー、またいつでも来いやー」

「う、うん……」


顔が真っ赤だ。

変な雰囲気だ。え、これそういう雰囲気？

おいおい、俺はまだ10歳だぞ？

キャスカはアレか？　しょうたろうな感じか？

残念、俺、レウス。

んー……まぁ、そうだっていう証拠もないからな。

そういう可能性もある。

それだけ頭に入れておこう。


「おやすみー」

「おおおおおおおやすみっ」

だからおが多いよ。

で、帰ってきた。

なんかキモいのがいる。

「あぁん、イイッ！　イイわぁっ！　あっ……あん♪　産まれる……産まれるのぉおおおおっ!!」

そこぉ……そこぉおおおおおおっ!!」

「おい、何やってんだ糞《マカオ》」

「あぁ、レウスじゃない♪」

スンもドン引きだ。

チャッピーはお腹《なか》いっぱいみたいで寝てるぞ。

「何をしてるか聞いてるんだ」

「ほら、もうすぐ産まれそうなのコレ♪」

黄金魔石が金色に光ってる。まぶい。

なんか黄金魔石がぶれて見える。いや、ぶれてる。

次第に二つに分身しはじめた。残像拳だ。

で、止まった。


完全に二つになった。

黄金魔石はネックレスのままで、もう一つは地面に落ちた。

黄緑色の魔石だ。……見た事ない魔石だな？

今度、一般人《ハチヘイル》に聞いてみよう。

「じゃあ、これはレウスが持ってて♪」

「うぃー」


さて、深夜……というわけでもないが、今日はもう寝よう。

「寝る、おやすみ」

「オヤスミ♪」

「きゅきゅー……」

スンマジ天使。

第九話　「成長3」

半年経ったぞーい。
11歳になって身長は145センチ近く……かな？
変わった事？　そうだね、結構あるんだぜ？
前回に引き続いて黄金魔石の話からしようか。
半年、つまり6カ月だ。6個生まれました。

■硬化の魔石
■スピードの魔石
■光の魔石
■パワーの魔石
■ハイスピードの魔石　2個

更に七つのダンジョンに潜《もぐ》った。

アタリは四つ……体感的には60％って感じだな。
手に入れた魔石がこちら。

■光の魔石
■スピードマスターの魔石
■パワーの魔石
■スピードの魔石

レアきました。硬化とスピードマスター。
スピードマスターはスピード系の最上位の魔石だ。
当然俺が着けるぞ？
この前出た黄緑色の魔石は、誰に聞いても何の魔石かわからなかった。
チャベルンの装飾屋で聞いたところ、エルフの民《たみ》ならわかるだろうとか？
ふむ、サブクエストが発生したわ。
当然そのスピードマスターの魔石のダンジョンの敵は……弱かった。
俺とスンの敵じゃなかった。
キャスカが苦戦する？　そんな感じのレベルだ。
そこのボスはおっきくて固くて黒い、巨人《ゴーレム》だった。

ゴーレムは茶色って固定観念があったわ。黒いんだねこの世界のゴーレムは。
ダンジョンにはいつもマカオが懐中電灯《ライト》役で付き添う。
魔物には手を出さないが、危なくなったら手を貸す役目だ。
今のところ、手を貸された事はないぞ。
巨人《ゴーレム》はキャスカ一人で倒させた。
危ない時はスンや俺がガードしてた。
その甲斐《かい》あって、キャスカは巨人《ゴーレム》の首を落とす事に成功した。

その瞬間、ビビった。
巨人《ゴーレム》だよ？　血がブッシャーってなったわ。
あいつに血が通ってるなんて、俺知らない！
巨人《ゴーレム》の首をギルドに提出したキャスカは、レベル55に上がってた。
おそらくキャスカの実力レベルは52、3位だろう。

産まれた魔石と、ダンジョンで手に入れたスピードの魔石2個、パワーの魔石2個は、ビックスの店に売った。
スピードが5000レンジ、パワーが1万レンジ……合計3万レンジなり。ビックスは俺がダンジョンに潜っている事に驚いていた。

そりゃそうだよな。11歳はそうそう魔物と戦わないもんな。

光の魔石はチャッピーに頼んで、ユグドラシルの木でカンテラを作ってもらった。
台に魔石を固定して、その外側にスライド式のカバーを作った。
カバーをスライドさせると四方八方を照らせて、いらない時はそれを閉じる。
夜の読書なんかに便利だ。
マカオがいない時のダンジョン探索とかもできそうだ。
現状そんな事にはなってないけど。
懐中電灯より便利だし、戦闘で困ったら照らさず置けばいいしな。
このカンテラをもう一つ作ってもらい、キャスカにあげた。
相変わらず泣いてた。鼻水もブッシャーだ。

さて、ここでステータス紹介だ。
誰が何の魔石を着けてるかはここで確認してくれ。

◆パーティメンバー紹介◆

●名前：レウス　●年齢：11歳　●種族：ハーフエルフ　●職業：魔物使い（剣士）

●装備：ユグドラシルの剣／丈夫な服（青）／ブーツ（黒）／硬化のバングル（左）／
ハイスピードバングル（右）／ハイパワーリング（左）／スピードマスターリング（右）
●その他：大きな鞄《かばん》／特製カンテラ
●技：斬鉄剣《ざんてつけん》　●言語：人間言語／魔物言語／エルフ言語
●レベル：74

●名前：スン　●年齢：約7歳　●種族：スライム（緑）　●職業：レウスの親友《マブダチ》
●装備：ユグドラシルの剣／ハイスピードリング（尾）／硬化のバングル（手形成時）／
ハイパワーネックレス（首？　頭？）
●技：酸／形態変化／スンアタック／大盾《おおたて》／斬岩剣《ざんがんけん》
●言語：人間言語／魔物言語／エルフ言語（どれも読み書き、ヒアリングのみ）
●レベル：65

●名前：チャッピー（スカイルーラー）　●年齢：約３００４歳（人間でいうところの17歳位）
●種族：犬《ドラゴン》　●職業：忠犬
●装備：背中にレウスとスンが乗ってくれない／ハイスピードバングル（角《つの》）
●技：咆哮《シャウト》／火炎《ブレス》／尾撃《テイルアタック》／わがまま／落胆《ネガティブ》／ユグ葉落とし／ユグ葉食い／他
●言語：人間言語／魔物言語／エルフ言語／他は謎

●レベル：測定不能

●名前：キャスカ・アドラー　●年齢：16歳　●種族：人間　●職業：神速《はなみず》、ようやく疾風
●装備：ユグドラシルの剣／マント（赤）／ブーツ（黒）／ショートパンツ（青）／シャツ（白）／スピードリング（左）／ハイスピードネックレス（首）／スピードバングル（右）
●その他：鞄／特製カンテラ
●技：斬岩剣／鼻水／泣く／喚《わめ》く／帰る　●言語：人間言語／魔物言語（会話のみ）
●レベル：55

●名前：マカオ（麒麟《きりん》）　●年齢：5001歳（多分人間でいうところの35歳位）
●種族：オカマ　●職業：オカマ　●装備：黄金のネックレス（首）／スピードリング（角）
●技：神速（本物）　●言語：人間言語／魔物言語／エルフ言語／他は謎
●レベル：測定不能

気付いた？　かなり変わってるっしょ？

キャスカが毎日、俺とチャッピーとマカオの話を聞いてたら、いきなり魔物言語喋り始めた。

最初は普通すぎて気付かなかった。

スンが「きゅきゅきゅきゅきゅきゅ!?」とかチャッピーに言って、チャッピーが「あ、喋ってる」と

かぬかしてきたよ。


次はマカオ。

今までダンジョンの中にある魔石の詳細文が、人間言語で書いてある事から、それが読めず、毎回ダンジョンに潜ってたらしい。

馬鹿らしいと思った俺が、マカオに人間言語の読み書きを仕込んだ。

そしたらマカオがお礼にって事で、エルフ言語を教えてくれた。

読み書き会話バッチリな奴だった。

魔石鑑定に必要だし覚えておいて損はないだろう。

スンもチャッピーも習ってた。

流石《さすが》なのかどうなのかわからんが、チャッピーは頭が良かった。


キャスカは現在、スンに魔物言語の読み書きを教わっている。

キャスカの相手をする機会が多いスンは、キャスカとめっちゃ仲が良い。

アタシ妬《や》いちゃうわっ。


スンの剣技が上達した。岩もスパスパだ。

ある日の朝、「出かけて来る」という置き手紙（ユグ葉）だけ残して、夕方に帰って来た。

手にはブルードラゴンの首があった。え、何この子、怖い。とか思ってたら、実は襲われたという話だ。

仕方なく首ちょんぱしたってさ。

仕方ないなら仕方ないな。偉いぞスン。

ところで何の用事だ？　謎い。


「きゅきゅ！」

可愛《かわい》い。


ブルードラゴン《それ》の首でスンはレベル65になった。

因《ちな》みにブルードラゴンは、青い身体《からだ》の竜なんだけど、羽は無く飛ぶ事は出来ない。

ブルードラゴンなのに瞳は赤かった。

やべぇ、負けらんねぇ……。


俺の衣服を新調しました。

青い素材の服とブーツを黒にしました。

そしたらキャスカがショートパンツを青にして、ブーツを黒にした。

「ぐぐぐぐぐ偶然だなぁっ！」

とか言ってたよ。

んなわけあるかボケ。

俺が衣服変えたの確認してから、お前が服買ったの知ってんだよ。


んで、スンやキャスカに負けたくなくて、ある日、俺は早朝に外出した。

俺だけ41だぞ？

やってられっか！　って思って、チャベルンの北にある山まで来た。

チャベルンの町の魔物討伐依頼で、この山にいる魔物のレベルが高い事を知っていたからだ。

その中に見つけましたよ、奥さん。

でっかい蟷螂《かまきり》！

どす黒い肌にキモチワルイ複眼。蟷螂なのに鎌がねぇ。

鎌の代わりに、腕が両刃の鋼鉄の剣なんだ。

体長は7メートル位……え、怖い。

キラーソードマンティス、レベル74判定の魔物だ。


戦闘開始！

キラーソードマンティスが右手の剣を振りかぶり、俺がそれを受ける！

受けた後すぐに懐《ふところ》に入り込み、キラーソードマンティスの左腕を叩き斬った。

ナイス、ユグ剣。

どうやら俺は鉄を斬れるようになったっぽい。斬鉄剣だ!!

これにはちょっと感動。

右腕で襲い掛かるキラーソードマンティス……だったけど、左腕が無くなったせいかバランスを失って空振り。前のめりに体勢を崩したキラーソードマンティスの背後に回り込んだ俺は、そのまま首をちょんぱ。

キラーソードマンティスの首、ゲットだぜ!

その流れでチャベルンで討伐依頼の精算と共に、レベル証を発行してもらった。

レベル74になりました。

因みに討伐報酬は5万7000レンジ……ごっつぁんです。


さてさて、チャッピー大先生との修行のお話ですよ。

ようやくチャッピーの顔が出現した。これでデス○ムーアだ。

因みにチャッピーと戦う時は、両者とも魔石を外すようになった。

俺だけ多いし、アンフェアだしな。

これにはチャッピーやマカオも感心してた。

だって修行じゃ死ぬ心配ないじゃん。……多分ね。

噛み付き攻撃をしてくる時のチャッピー、マジこえぇ。

牙がかてぇ……。
角がぁあああああ!!
……初日はマジで死にそうだった。
あ、チャッピーの身体の中で一番固い部分はあの一本角だぞ。
その次に牙、その次に爪だ。
どうにかその角で剣を作れないかチャッピーに相談したところ、

「え、まじ勘弁」

だそうだ。そりゃそうだわ。
スンも間も無く両手を攻略出来そうな感じだ。
キャスカは相変わらず左手に苦戦中。
がしかし、皆成長しとりますよ!

マカオとの修行ではアドバイスこそもらえるが、段階的なものがない為、なかなか成長を実感出来ない。しかし、アドバイスが細かくなってきてるのは事実だ。
多分成長してるって事なんだろう。

２カ月位前かな？

警護兵を10人連れて、ダニエルのおっちゃんがユグ木に来た。

警護兵10人は、チャッピーを見て死を覚悟したそうだ。

チャッピーはちょっと怯《おび》えてた。

「え、我《われ》……この状況、どうすればよかと？」

もうお前の口調については突っ込まねぇよ。

「あぁダニエルさん、いらっしゃい。チャッピー、挨拶!!」

「やぁ、チャ、チャッピーだよっ☆」


……あれはあれで真面目《まじめ》なんだろうな。


「これが君が町に住めない理由か……」

「さすがにこいつは町には……ね」

「ハッハッハッハ、なるほどなるほど……娘に良い土産話《みやげばなし》が出来たよ」

娘いんのか？　紹介しろや。

警護兵の皆は全員腰を抜かしてたけど、次第にチャッピーと話すまでになっていった。

ダニエルはチャッピーとよく喋ってた。

チャッピーもダニエルを気に入ったようだった。

大きい町の長には失礼かもだけど、ここら辺で一番美味《うま》いサウロスタウロスの肉をご馳走したぞ。

ダニエルはお土産を持ってきてくれた。

マカオには黒い鞍《くら》だ。マカオはめっちゃ喜んでた。

スンには、俺がキラーソードマンティスと戦った山の麓《ふもと》に湧いてる天然水を、樽で持ってきてくれた。重かっただろうに。警護兵に感謝。

で、俺には松坂頭《まつざかこうべ》の肉を持って来てくれた。まじダニエル神。

チャッピーのお土産がなかった為、チャッピーが少し拗《す》ねたが、俺の松坂頭《まつざかこうべ》の肉を、少し分けてやったら速攻で機嫌が直った。

半分にしても、チャッピーの舌先にちょろっとしか置けなかったけど、めっちゃ美味《うま》いって事はわかったみたいだ。

はしゃぎ過ぎて火炎吐《ブレス》いた時は、皆ビビってた。

キャスカも途中から合流して、なかなか楽しい宴会になった。

帰る時、俺からもお礼がしたかったので、ダニエルに1本、警護兵10人全員で1本の計2本のユグ枝をあげた。

本当は人数分あげたいところだが、チャベルンの経済が狂ったり、警護兵がだらけそうだったりっていうのが気になったので、2本に止《とど》めた。めっちゃ驚いてた。

でもまあ、チャッピーかマカオいないと採れないしな。

警護兵の皆は、それを売った金で、酒をかっ食らうなり、女を買うなり好きにしてくれ。

その代わり、だらけるなよ？

前にチャッピーとマカオが模擬戦した時、落ちてきたユグ枝は残り８本。

使い道がないんだよなぁ……。

金に困る事でもあるようなら、その時売ればいいいか。


「では、レウス君、キャスカちゃん、スン君、マカオ殿、チャッピー殿……また遊びに来るよ」

「はい、いつでも遊びに来てください」

「「「お邪魔しました!!」」」


ダニエル達は良い奴だ。

ああいう人達を大事にしたいもんだ。


そうそう、これと似たような事がもう一件あった。

この前言ったかもしれないが、ダニエルの家に泊まった時、ベッドがめっちゃ気持ちよかったんだ。ってわけで、エヴァンスの町でベッドを購入した。ついでに耳栓も。

運ぶのをチャッピーに任せようと思ったけど、あいつはベッドを落とした上に踏み潰しそうだからやめた。

マカオに縄を括《くく》りつけて持たせようとしたら、

「あぁん……く、食い込むぅうううっ!!」

とか言い出したからすぐ止《や》めた。

早速耳栓が役に立った。

と、いうわけで、一般人《ハチヘイル》が荷馬車に載せて持ってきてくれました。

事前にチャッピーの話を耳にタコが出来るまで話しておいたので、あまり驚かなかったが、それでもやはりビビってた。まぁ、これは仕方ないだろう。

「いやぁ、たまげたよ……流石に半信半疑だったけど、まさかホントにチャッピーさんがいるとはね……」

「あれだけ言っただろうが……」

「マカオの事だけでも凄かったからね」

「褒めても何も出ないわよ～♪」

帰りに一般人《ハチヘイル》にユグ枝をあげた。

相変わらず拒否してたけど、荷馬車の中に入れておいてやった。


……ベッドだ。

ユグドラシルの木《わがや》にベッドがある！

素晴らしい。

その日から毎日、スンと一緒にベッドで寝た。

マジ気持ちいい。疲れもめっちゃとれるわ。

今まで損してたな……。

約10年間野宿みたいな生活してた俺……。

さぁ、もうすぐチャッピーの爪の加工が終わるぞ。

これも楽しみだな！

第十話　「チャッピーの剣」

今日はルンルンだ。
起きたら夢精してた♪
あぁ、ごめん。本を閉じるな。
すまんすまん……いやだから閉じるなって。
振りじゃねぇよ！

まぁ、初《しょ》っ端《ぱな》から下《しも》の話で悪かったとは思ってる。
けどこれって重要な事だろう？　生きる上で重要だろう？
ハーフエルフの身体《からだ》の構造は人間とほぼ一緒らしい。
問題は性欲がどうなるかだ。
所謂《いわゆる》、繁殖期というのが存在するのか？
それとも人間みたいに年がら年中、助平《すけべ》さんなのか？
これから先、ところどころで俺の下半身の話が出てきてしまうかもしれない。

その時は生温かい目で見守って頂けると嬉しい。

「レウス、イカ臭《くさ》いわよ♪」
って糞《マカオ》にいきなり言われた。キャスカの前で。
最近馬刺しが主食になってきた。
スンのお使い率が異常に高い。
けどスンは喜んでお使いに行く。
もちろん糞《マカオ》もな♪

むぅ……大変だ。
水じゃ中々落ちない……。
これも男に生まれた宿命……か。
さてどうしたもんか。切実な問題だな。
勿論《もちろん》性欲を我慢する事なんて出来る。
自家発電をしないって事だぞ?
しかしだ、自家発電をしない事で、それに付随する問題がある。
それが最初に言った夢精だ。
いや、いいんだけど、落ちねぇんだよ。

とりあえず毎回頑張って洗う方向で……。

洗濯機の製造を優先して欲しいものだな、世界よ。


さて、話を変えよう。

ここまで頑張って付き合ってくれて感謝する。

もう君は、俺とマブダチさ。


よし、あれから3カ月経った。

時が流れるのは早いもんだ。

キャスカの家に店主《モヒカン》の使いが来て、遂にチャッピーの爪を加工した剣が出来上がったとの報告を受けた。

まぁ、キャスカの家に報告がいっちゃったからな……チャベルンまでキャスカが付いてきたわ。

しかも今日はキャスカとデートみたいな感じだ。

スンはマカオと修行、チャッピーは付いて来たけど、少し離れた湖で待機してもらってる。

チャッピーに乗る機会は減ったが、振り落とされる回数は本当に減った。

もちろんキャスカもだ。

やっぱりバランス感覚的なアレがアレアレしたんだろうか？

キャスカがめっちゃ真っ赤だ。

少し俺も照れる。

あんまこういう経験ないからな、恥ずかしいっちゃ恥ずかしい。

キャスカに話しかける度《たび》に鼻水を垂らすから、あまり話しかけないようにしてる。

しかし勿体《もったい》無い……黙って鼻水が出なけりゃ、ブロンドのぼんきゅぼんだぜ？

胸はそうだな……俺の歴代彼女の中にいた、『ピュアラブホイホイ』って家《ゲーム》に住んでる香織《かおり》ちゃん位かな？

香織ちゃんはBカップだ。

小さいって？

家《ゲーム》に住んでる子達のバストは、外《げんじつ》ではめっちゃデカいんだよ。

わかるかな？　わかんねぇだろうな～。

外《げんじつ》では、ちゃんとした谷間なんざE、F位ないと出来ねぇんだよ。

しかしな、家《ゲーム》の女の子達のBは、外《げんじつ》の……F～Gだ！

異論は認めるが、賛同はして欲しい。

そして多少の誤差は許して欲しい。

だが事実だ!!


よし、話を続けよう。

つまりキャスカはそのくらいのボインだ。
あんな事やこんな事も出来るだろう。
しかもまだ16歳……。これは素晴らしい。
まぁ、しばらくはこんな関係だろう。
どうにかなった時はなった時だ。

もう間も無く店主《モヒカン》の所に着くが、3カ月経ったので、黄金魔石が生んだ魔石が気になるだろう？
勿論生まれました。そしてレア率が良い。

■パワーマスターの魔石
■青い魔石（鑑定が必要）
■硬化の魔石

これはかなり良い結果だ。
黄金魔石はレアが高確率で出る仕様なのだろうか？
青い魔石は、そうだな、ド○ラ一家が狙いそうな感じのそんな石だ。
これも今度、鑑定しないとだな。
硬化の魔石はキャスカにでも持たせてやろう。

パワーマスターの魔石は検討中。

基本的に魔石は俺の鞄《かばん》にぶっこんでる。

なんでも入るぞこの鞄は。


ダンジョンにも潜《もぐ》った。

けど潜ったのは1回で、それはハズレだった。

段々70％が怪しくなってきた。

まぁ、1回だしそこまで気にする事でもないか。


さて、鍛冶屋《かじや》に着いたぞ。

そうだな……ありえそうなイベントとしては「すまねぇ、剣が盗まれちまった」とか、「すまねぇな、坊主がこっちに来るまでには出来ると思ったんだが、まだ出来てなくてな……少し待っててくれねぇか？」とか、そこら辺だろう。

まぁ、後者はないか。

出来上がったって連絡受けたんだからな。……だよな？


「こんちはー」

「おぉ坊主、来たかっ!!」

イベントは無さそうだな。

「すまねぇな、坊主がこっちに来るまでには出来ると思ったんだが、まだ出来てなくてな……少し待っててくれねぇか？」

おい。

おい。

……おい。

「……ぶっ殺すぞ《わかりました》、糞モヒカン《どれ程お待ちすれば》？」

「なぁに1時間位で出来上がるぜ！」

「殺殺殺殺《では1時間後に》」

「了解だ、坊主!!」

試し斬りはあいつのモヒカンにしようか、マジで悩んでるところだ。

「あいつ出来てるって言ったのにな！」

キャスカもご立腹である。

「まぁ仕方ない、ちょっとブラブラするかー」

「おおおおおおぉ！」

カクカクしてるように言ってるんだが、文字にすると叫んでるようにしか見えないな。

いやまぁ、しょうがない。

だって「お、お、お、お、お、お、お、おぉ！」は変だろう？


キャスカはさっきから緊張しまくりんぐだ。

良い機会だから、ダニエルに聞いた「松坂頭《まつざかこうべ》」の肉を不定期ながら出してくれるお店に行ってみた。

不定期の理由はわかるだろう？

レア食材だしな、市場にあまり出回らないのだよ。

チャベルン中央通りにある「ミート・ミート・オー！　ミート」という店に着いた。

どうなん、この名前？

「松坂頭《まつざかこうべ》」が無くても中々の肉が食えると聞いたので、それはそれで楽しみだ。


「いらっしゃいませー」

「二人です」

「ええっと、お客様は……」

あぁ、そうだな。ちょっと高級そうな店だしな。

16歳3カ月と11歳3カ月だしな。

流石《さすが》に「お客様は……《金あんの？》」という変換になるだろう。

「お金はあるので、案内してください」

「大変失礼致しました」

キャスカは今のやりとりを「……くぴ？」って感じで見てた。

わからなかったか。そうか、わからなかったか。


あぁ、良い機会だし説明しておこう。

この世界「ストレンジワールド」の1年は地球と同じ12カ月だ。

空の月（1月）
雪の月（2月）
地の月（3月）
花の月（4月）
木の月（5月）
雨の月（6月）
海の月（7月）
天の月（8月）

月の月（9月）
雲の月（10月）
風の月（11月）
星の月（12月）

この12カ月となっている。

誕生日で歳が変わるのでなく、空の月（1月）で歳が変わる。
昔の日本みたいな感じだな。
俺は空の月（1月）に生まれたから、あまり関係ないけどな。
都合が良い？　許せ。

四季？　ないぞ。
地域それぞれがずっと同じ環境だ。
そこら辺の難しい事は、今度先生《チャッピー》にでも聞いてくれ。
尻尾《しっぽ》振りながら答えてくれるだろう。

「松坂頭《まつざかこうべ》置いてありますか？」

「大変申し訳ありません。現在仕入れが困難となっておりまして、現在販売中止とさせて頂いております」

今、「現在」って2回言ったな。

いたいた、こんな人。どこの世界でも話し方ってのは難しいもんだ。

俺も営業の仕事をやってた時、よく二重敬語の説教とか、アクセントの注意だとかされてたなぁ

……だがしかし、そうなると何を食べよう？

「そうですか……では、オススメかなんかありますか？」

「でしたら、本日入荷しましたドラゴンの肉がオススメとなっております」

チャッピーの種族の肉か。え、食うけど？

ドラゴンの肉だろうけど、チャッピーの肉じゃないしな。

食うよ？

「じゃあそれで……キャスカはどうする？」

「私はレウスと一緒がいい！」

恥ずかしい事を言うなこいつは。

あぁ、失敗したって顔してる。

あぁ、鼻水垂れてきた。

あぁ、涙が……。泣いた。

「だ、大丈夫です、いつもの事なんで」

「大丈夫ですか？」

泣かない日を見ない方が珍しい位だ。

前に言ったろ？　無尽蔵の鼻水と涙だ。


「じゃあドラゴンの肉を二つお願いします」

「ご一緒にポテトはいかがですか？」


……。

急にこの店の格が下がった気がする。

いいよポテト好きだし。

「じゃあそれも」

「かしこまりました……それでは少々お待ち下さいませ」

泣くキャスカをなだめながら、俺はドラゴンの肉を待った。

「おまたせしました、ドラゴン肉のステーキと、ポテトでございます」

キャスカの涙と鼻水が消えた。

鼻水はちゅるちゅるちゅるって感じで鼻に戻ってった。

涙はちゅるちゅるちゅるって感じで目に戻って……嘘だろ？

「ごっはん、ごっはん♪」

こんな感じで1時間はあっという間に過ぎていった。

ドラゴンの肉はまあまあだったけど、俺はサウロスタウロスの肉の方が好みだった。

ダニエルにまた美味《うま》い店を教わろう。

◆　◆

鍛冶屋に戻ってきた。これはビックリ。

チンピラAがカウンターに立ってる。

「あぁ、あんたは!!」

「仕事、見つかったんですね」

「あの時はお世話になりました」

おぉ、敬語だ。なかなかやるなお前。

「構いませんよ、モヒカンさんいらっしゃいますか？」

「はい、ちょうどレウス様の剣が出来上がったところです」

よしよし。

食事《キャスカ》イベントの消化で剣が出来た。

「親父さん、レウス様がいらっしゃいましたよ!!」

「おう、今行く」

おぉ、持ってる持ってる。

あれが剣か……刀っぽいな。

って事は片刃か？

少し戦い方に癖が出そうだが、特に注文はしなかったしな。


「待たせたな坊主!!　これがお前の剣だ」

店員《チンピラA》が敬語使って、店主《モヒカン》がタメ口。

誰が店員《チンピラA》に接客を教えたんだ？

まぁ、そんな事はいい。剣だ剣。

おぉ、やはり刀だ！

刀身はやや長いな……1メートルくらいだ。

そして黒い。漆黒《しっこく》の刀だ。

刀身が柄《つか》に入って目釘《めくぎ》をしているのではなく、完全に一体型の刀だ。

まぁ、この硬度でそれは難しいのかな。

軽い……ユグ剣より軽いかも。

軽いと感じるという事はそうなんだろう。

「デザインに関して注文がなかったから、素材に合った形にさせてもらった」

「いえ、素晴らしいです」

「爪の反《そ》りに合わせて峰の部分を形成した。そっち側の刃は無くしてあるが、峰部分でもかなり切れるから気をつけろ」

逆刃○だ。まぁ、両刃だけどな。

「鞘《さや》はこれだ……あと、そのユグドラシルの剣。木剣だからって剝《む》き出《だ》しは危ねぇ、これを使いな」

流石プロだ。こういう所はしっかりしてるな。

確かに鞘が無かったのは問題だったか。

キャスカはすぐ作ってたしな。

「もう一つ同じ鞘はありますか?」

「あぁ、あるが?」

「じゃあそれもください。……おいくらですか?」

「いや、久しぶりに楽しく仕事をさせてもらった。鞘の金はいらねぇ」

「おぉ、ありがとうございます」


こういうのは気分が良いな。

鞘はスンにも買ってくんだ。

スンと俺のユグ剣は同じタイプだしな。

「最後にそいつの魔石限度数だが……」

あぁ、そんな設定もあったな。


「五つ以上は入る」


曖昧《あいまい》だな。

「それ以上はここではわからねぇんだ、すまねぇな」

ほぉ……相当レアなんだな。

「どこに行けばわかりますか？」

「おそらくエルフの民《たみ》なら……。多分ハーフエルフの坊主なら入れるだろう」

多分とかおそらくとか……。またサブイベントだ。

エルフか、それだけ知識が豊富な一族なんだろう。

って事は俺の脳も種族補正がかかってるのかね？

まぁ、それは気にしなくてもいいか。

「そのユグドラシルの剣の魔石限度数も見ようか？　今回はサービスだ、代金はいらねーぞ？」

「是非お願いします」

ユグドラシルの剣も、もしかしたら魔石入れるかもしれないしな。

聞いておいて損はないだろう。

モヒカンがルーペみたいなのを右目に着けて剣とにらめっこしてる。

ふむ、そのルーペがあれば魔石限度数が見られるのか。

ボロい商売だな。

店員《チンピラA》が、店主《モヒカン》を尊敬の眼差《まなざ》しで見てる。

それは絶対ルーペで見てるだけだぞ。

尊敬するなら鍛冶仕事を尊敬しろ。


「こりゃ四つ……だな」

「ありがとうございます」

「最後に……」

２回目の最後だな。最後が２回。

分岐ルートか？

「それ、めっちゃ斬れるからな、扱いには十分注意しろ。名前はないから坊主が付けてやれ」

斬れるか。オカマの去勢でもするか？

うん、喜びそうだからやめよう。

さて、名前か……安直に竜の刀？

竜刀？　ドラゴンの刀？　剣でもいいけど……。

「名前はもう決まってる！　チャッピーの剣だ！」

おい。なんでお前《キャスカ》が決めてるんだよ。

まぁ、それでいいか。

こうして俺は、竜の剣（爪）《チャッピーの剣》を手に入れた。

第十一話「勇者」

3カ月経った。

あれからはダンジョンに入ってない。

というか、ここら辺のダンジョンはほぼ制覇しているんじゃなかろうか?

残っているのはユグドラシルの木のダンジョン位じゃね?

俺も見つけた。

ユグドラシルの木の根元にある水場の近くに、洞穴的なダンジョンがあった。

ちゃんと「レベル100以上になったら入って来い。特硬化の魔石有り」って看板があった。

ふむ、欲しい魔石だな。

いつか安全に行ける時期が来るだろう。

マカオがいれば今でも行けるけど。


黄金魔石から産まれた三つの魔石も、全て下位魔石だったので全部売った。

最近はもっぱらチャッピー、マカオ、スン、キャスカと修行だ。

修行の話からだな。
キャスカが左手をクリアした。
え、早くね？
チャッピーは魔石無し、キャスカはフル装備だけどね。
めっちゃ喜んでた。そして泣いた。
多分、今のキャスカの二つ名は「疾風のキャスカ」と言っても良いかもしれん。
でも、相変わらず「神速神速」言ってる。
超神速って言い始める日も近いんじゃなかろうか？

スンがデス〇ムーアと遭遇した。
ようやく両手をクリアしたスン。
めっちゃ喜んでた。
「きゅきゅ～♪」
可愛《かわい》い。
そうそう、スンに鞘《さや》をプレゼントしたら喜んでた。
ずっと頭の上に乗ってた。
スンは結構大きくなって、もはや頭の上に乗ると俺の顔が埋まりそうな感じだ。

実際に少し埋まって、俺が苦しそうな表情をしたらすぐ降りた。

残念そうな様子だったが、それより俺の心配をしてくれた。

嬉しい。

「きゅきゅぅう?」

そして可愛い。


俺は顔の攻略に手こずっている。

最初は余裕そうだったチャッピーも「ちょ、たんまたんま」とか言うようにはなった。

まぁ、良い傾向だ。

成長の速度?が上がってきた感じだ。

最近は、スンと修行する時は魔石を全て外してる。

それで良い勝負ってとこかな?

マカオとの修行は相変わらずだ。

なかなか成長を実感出来ない。

キャスカ、スンもそう思っているらしく、最近マカオと修行するのは俺ばっかりだ。

うざい奴だが、あいつのアドバイスは的確だ。

教わっておいて損はないだろう。

キャスカとスンの修行も、なかなか面白い事になってる。

スンの無魔石、キャスカのフル装備で良い勝負だ。

ここにきてキャスカが急成長だ。

スンもキャスカが成長していて嬉しそうだ。

こいつは人間だったら絶対、ピンとか一般人《ハチヘイル》のカテゴリーだろう。

まじで良い奴だ……流石《さすが》俺の親友《マブダチ》。


相変わらずベッドは気持ちよくて最高だ。

2カ月前、チャッピーのくしゃみで鼻水まみれになった時は、俺もキャスカになるところだった。

とりあえず寝ているチャッピーの耳元で大声を出して復讐《ふくしゅう》してやった。

めっちゃビビって「わぁあああああああああっ!! なにすんねんお前ぇえええええええっ!!」とか言ってた。

まぁ、この声で久しぶりにもりもりもりもりってなったよ。

全員飛び起きたしな。


そうそう、ベッドといえば、キャスカが泊まりに来た時はキャスカに貸してやってる。

俺はスン枕でスヤスヤだ。スンがそれで嫌がる事はない。

むしろ嬉しそうで俺も嬉しい。

冗談半分でキャスカに「なんなら一緒に寝てやろうか？」って言ったら、数分間固まって、隣で寝てるマカオが興奮してた。

俺の「冗談だよ冗談」って声もキャスカの耳には届いてなかったみたいだ。

なかなか可愛い。


話すのが遅くなったが、この前手に入れた竜の剣（爪）《チャッピーの剣》の話だ。

長いから腰から下げる事は出来ない。

忍者みたいに背中に掛けるか？　と思ったけど、刀身が長すぎて抜刀できねぇ。

という訳で、竜の剣（爪）《チャッピーの剣》を持ち運ぶ時は手に持ってます。


で、斬れ味なんだが……。

あれやばい。

ヤヴァいって感じだな。

キャスカのユグ剣がスパって斬れた。

当然キャスカは大泣き。

チャッピーに新しいユグ剣を作ってもらった。

基本、峰で戦うような感じが一番いいかも。

峰でユグ剣位は斬れる。そんな感じだ。

竜の剣《チャッピーの剣》（爪）の刃は魔物と戦う時以外は封印だな。

チャッピーと戦う時に使おうとしたら「それはちょっと痛そうだから勘弁」って言われた。

すんごい剣だなこれ。

◆　◆

ある日、聞こうと思って聞いてなかった事を聞いてみた。

「チャッピーやマカオより強い奴っているの？」

「そりゃいっぱいいるわよ♪」

マカオがちょっとあり得ない事言ってた。

どうやりゃそこまでいくんだよ……。

「知ってる奴だと？」

「ん～、そうね～……まず魔王の上位ランカーは強いわね」

やはり魔王もランキング制度だったか。

「後は青竜《せいりゅう》、朱雀《すざく》、白虎《びゃっこ》、玄武《げんぶ》辺りかしら？」

なんか聞いた事あるな……四神《しじん》だっけか？

四神なら霊獣より強いってのも納得だ。

そうか神レベルがこいつらより強いのか。

「あ、我《われ》と青竜はダチだぞ」

神とダチか、やるな犬《チャッピー》。

「って事はチャッピーより青竜のが強いのか」

「ん～多分、ちょっとだけ」

ほぼ神と同レベルなのか。

この二人がすげー事には変わりないのか。

「それ以外には？」

「あー、やっぱ勇者ちゃう？」

長い事生きてる分、こいつの口調が色々変わるのはもはや仕様だな。

しかし勇者か……すごいな勇者。

「勇者もランキングなんだっけか？」

「そそそ」

……。

威厳皆無だな。

普通は「左様《さよう》」とかだろう？

ランキングシステムはどんな仕様なんだ？

「そのランキングってのは？」

「良い質問です、レウス君」

あ、キリッてなった。

先生の登場だな。


「勇者とは、戦士ギルドを卒業した者がなるものです。戦士ギルドの最高レベルは150。しかし、レベル151の魔物が判定員によって決められています。それが「ブレイブジャッジメント」という魔物です。このブレイブジャッジメントは、基本的に害はありませんが、少しでも同種族以外の者が触れると町のチンピラレベルに難癖《なんくせ》を付けて襲いかかってきます。ブレイブジャッジメントは群れで行動しておりますが、触れた者を襲っているブレイブジャッジメントには無関心です。そして、触れた者はブレイブジャッジメント1匹を群れから引き離し、追ってくるブレイブジャッジメントを倒し、戦士ギルドにその首を持って行くと、晴れて勇者となります。勇者となった者は戦士ギルドから除名され、以降は勇者ランキングを管理する、勇者ギルドに所属する事になります。勇者ギルドに所属となった勇者には、最下位の序列が与えられ、その序列を上げたい場合はランキング上位の者に挑戦をして勝たなくてはなりません。勝てば負けた者の序列を与えられ、負けた者はその一つ下の序列となります」


長い……けど、わかりやすいな。

つまり151になった段階で勇者になり、そこからはランキング戦か。

「その序列競争、断れないんだよね？」

「ざっつらいと！」

……今のは聞かなかった事にしよう。

「ランキング戦を断る事は出来ません。しかし、その序列の者と戦う際、挑戦者は応戦する者が今欲しい物を用意しなければなりません。勿論《もちろん》、無理難題は勇者ギルドには認められません。勇者ギルドが認めた物の中で欲しい物を用意し、それを相手に提示する事で挑戦が認められます。挑戦者は勝てばその序列を手に入れ、応戦する者は勝てば自分の序列が守られ、欲しい物が手に入る。負けた場合でも序列は下がりますが、欲しい物が手に入ります」


ふむ、賭け事みたいな事をする勇者共だ。

上位者の欲しい物なんかは、難度が高いって事になりそうだな。

にしてもよく回る口だな？


しかし勇者ギルド……見かけた事がないな？

「勇者ギルドってのはどこにあるんだ？」

「良い質問です、レウス君」

いちいちうるせぇな。

「勇者ギルドは各国に存在するそうです」

「するそうです……って事はチャッピーも知らないのか？」

「その通りです。戦士ギルドを卒業すると、その時に各国の勇者ギルドの場所が載ったリストを貰えるそうです。ここら辺だと西の国にあるかと思われます」

「って事は、チャベルン？」

「いいえ、チャベルンは町です。確かにチャベルンは西の国にありますが、首都「ゲブラーナ」はさらに西にあります。因《ちな》みにエヴァンスは中央の国の町です。中央の国と西の国は１００年程前から同盟を組んでいます」

エヴァンスは中央って程、栄えてないぞ？

おそらく中央の国のド田舎《いなか》って事なのか。

道理でキャスカの鼻水がよく出るわけだ。

ド田舎＝鼻水だ。

イメージ的には間違ってないだろ？

同盟組んでないと、ダニエルとトッテムに親交があるのがおかしいからな。

「わ、我の説明で、わかったかな？☆」

……ちょっと緊張してたしな。
最近目立たなくなってきたから、すっかりチャッピーは臆病だ。
勿論、俺に対してだけだ。
これも可愛さの一つか。……この図体《ずうたい》で？
って話をした2日後の修行中に、なんか来たよ。

女だ。
色白で白髪で、瞳は灰色だ。
なんかかっこいい剣持ってる。
グリップは茶色で、鍔《つば》は金色、鞘を見る限り両刃の剣だな。
なんていうんだっけ？　バスタードソード？
赤いマントみたいなのを羽織って、黒いパンツに黒いインナー。
銀色の金具の付いた黒いブーツ。
乳はキャスカ程じゃないがあるな。
外《げんじつ》の世界でいう、C、Dあたりだな。
キリッとした顔つきで、まつ毛がなげー。
歳は24、5とかかしら？

「そこまでだ、邪悪なるドラゴンめ!!」

どっかで聞いた事あるセリフだな。

「そこのスライムもだ、その女の子から離れろ！」


ほぼ一緒だな。

けどキャスカなんかより強気だ。

スンとチャッピーは「またか……」って顔してる。

マカオもすぐに状況を理解したみたいだ。

キャスカは「……くぴ?」って表情だ。

これはトッテムが悪いのか?

過去の経験から、とりあえずキャスカを信じ込ませた方法でいくか。

さらっとな。


「あー、俺達修行中なんで邪魔しないでもらえます?」

「修行だと……魔物とか?」

「はい、こいつらは俺の友達です」

俺の発言に喜びすぎのチャッピーが、相変わらずブンブン尻尾《しっぽ》振ってる。

「レウスと私が友達……きゃあああっ、恥ずかしいよぅっ!!」
「きゅきゅー!!」
「聞いた、マカオ？　レウスが我を友達だって！　ねぇ聞いた!?」
「って事はアタシも友達ね♪」

変な団体だな。

「という事は、君は魔物使いかな？」
「あぁ、レウスといいます。その言い方はあまり好きではありませんが、普通の人から見たらそうなんだと思います」
「ふむ、それは失礼をした」

あぁ、理解力のある人だ。

「私はセレナ、宜しくレウス君」

握手だ。

女の手。

やばい。やわらかい。

おっと、冷静冷静。


「それで、今日は何故ここに？」

「あぁ、ある物を取りに来た」

ここに取りに来るのなんて一つしかないだろう。

てか、キャスカとダブり過ぎだろ。

手抜きシステムか？

「ユグドラシルの枝ですか？」

「いや、葉を求めて来た」


は？　シャレじゃないぞ？

なんか効果あるの？

「チャッピー、説明！」

「かしこまりました」

本日2回目の先生登場。


「ユグドラシルの葉は、病気の治療薬として重宝されております。ユグドラシルの木から落ち葉として落ちて来る事は滅多にありません。外部から力を入れないと採れないようになっています。従って、ユグドラシルの葉は非常に稀少であり、非常に高価なのです。それを常食としている我は、病気にかかる事はありえません」


わかりやすい。

そうか、そういえば落ちてる葉は見た事ねぇな。

外部からの力……相当な風圧でもない限り落ちて来ないってこった。

前に言ったけど台風なんてないから、鳥とか空を飛ぶ魔物とかじゃないと難しいって事だな。

最後の説明いらないけど。


「そんな貴重なのか」

「そうだ、市場に出回れば数十万レンジになるはずだ」

すげぇな。

「けど、何で葉は数十万で、枝は数百万なんだ？」

「この木に登れる者がいるとしても、その者が枝を斬れるとは限らないからな」


あぁ、なるほど。

把握把握。


「何枚必要なんですか？」

「1枚で十分だ」

「チャッピー！」

「チャッピージャァアアアアアンプッ!!」


……きっと今日は俺に頼られまくって機嫌が良いんだ。

察してやってくれ。

あぁ、めっちゃニコニコしてる。

俺以外の人があの顔を見たら、一瞬で殺されるって思う位怖い顔してるな。

降りてきた。

「チャッピー着地ぃいいい!!」


……察してやってくれ。

……絶妙に葉に穴が開かないレベルでつまんでる。

ホント器用な左手だな。

よく斬れる爪なのに……。


「さんきゅー」

「どういたしましてっす！」


……察せ。


セレナは微動だにしない。

中々の人物だな。

「あの竜は面白いな」

真顔で言ったな。

こういう人か。

「チャッピー《ぁぃっ》がいなかったらどうやって採るつもりだったんですか？」

「木のぼりが得意でな……しかし、この大きさは予想外だった……」

なんとかなる精神か。キャスカもそうだったしな。

まぁ、デカい木ってだけの情報しか世界にはないだろうから、これが自然な反応なのか。


「何に使うんですか？」

「ある勝負を行う為に必要でな」

聞いた事がある話だな。


「……勝負？」

「あぁ、私は勇者をしているのだ」


……フラグ回収が早すぎるぞ、世界よ。

第十二話　「実力」

※この話には非常に下品な描写が書かれております。
予《あらかじ》めご了承ください。

白髪の美女セレナは勇者だった。
話を聞いてみると、彼女は勇者になったばかりとの事だ。
なんでも勇者ランキング84位だそうだ。
……多いな勇者。
つまりレベル151以上の人間が84人いるという事だ。
強い奴多すぎ。
人間と括《くく》ったが、俺みたいなハーフエルフやエルフ、他の種族もいるかもしれない。
「きゅう？」
流石《さすが》に魔物はいないだろう。

戦士ギルドの受付が、戦士ギルド初の魔物戦士って言ってたし、そこから繰り上がるシステムならいないはずだろう。

セレナは83位の奴とランキング戦を行いたくて、ユグ葉を採りに来たらしい。

中々堅実だな。

俺だったら10位くらいかっとばして挑んでしまいそうだ。

それとも賭ける品を手に入れるのが、そんなに難度高いのかしら？

なんて事考えてたら、チャッピーが変な事ぬかした。


「セレナ、ちょっとレウスと戦ってくんね？」


何でそうなる？

そして人にものを頼む態度じゃねーな。

「ほぉ、何故《なにゆえ》かな？」

「現在のレウスの実力が、人間達のどの辺に位置するのか知りたいのだ。なぁに、勝っても負けても葉はあげよう」

「非公式のランキング戦という訳か……いいだろう」

「……」

どうやら俺の意見は聞いてくれないみたいだ。

聞けよ。


「レウス、魔石は外す様に」

「まじで？」

「外して勝ったらイイコトしてあ・げ・る♪」

糞《マカオ》はスルーだ。

けどスルーしても喜ぶんだよな、あいつ……。


「セレナはそのままで結構」

「なんだと？」

「万全の勇者に挑ませたいだけだ、他意はない」

「ふむ……いいだろう」


俺がよくねぇよ。

……結局俺はユグ剣だけで勝負する事になった。

「それは……ユグドラシルの剣か？」

「えぇ」

「見事な作りだな」


やめろ。

おい、それ以上言うな。


「さぞや名のある者の作品なんだろう」


あーあー、チャッピーが尻尾《しっぽ》ブンブンだ。

〝我《われ》だよ、それ作ったの、われぇ♪〟

そんな顔だ。


さて、そろそろ始まりそうだな。

「かかって来なさい」

まぁ、俺が言いたいセリフだけど、やるっきゃねぇか。


戦闘開始！！

セレナに駆け寄る！
セレナは少し驚いた様子で俺の剣を受ける。
力つぇぇ！　びくともしないね。
押し返された俺は、後ろに下がる。
それを追ってきたセレナは、上段から剣を振りおろしてきた。
あっぶっ。
受けた、受けられた。けど重ぇ……。
と、思ったら腹に衝撃きたこれ。
いってぇ。右足で腹を蹴られた。
下品な戦い方だな。
嘘、負け犬の遠吠えです。

「あらあら、もう下位の勇者位なら戦えるのかしら？」
「まだわからんな、セレナはまだ実力を出してない」

聞こえてるっつーの。
俺の戦意を喪失させる発言するとか、ほんとにこいつら俺の師匠か？

「きゅきゅ！」

スンは可愛《かわい》い……ぞ！　っと。

ほとんどかわされるな。


「頑張れ、レウス！」

あぁ、そういや神速《はなみず》いたのか。

頑張ってるから泣くなよ？

慰めの言葉は、もうストックがない。


セレナの攻撃。

この人の力やべぇっ！

攻撃受ける度《たび》に体勢を崩される。

右から払ってきた。

受けて、飛ばされる。

頑張って着地！

また上段だ。

右にかわして俺が払う。

セレナが後退してかわす。
俺が追って正中線《せいちゅうせん》に沿って斬り上げる。
セレナが身体《からだ》を左に捻《ひね》ってかわす。
お、少し良い感じだ、押せてる？

嘘ついた！
捻りざまに斬り払いきたこれ！
屈《かが》んでギリ回避！
ってか、試合っていうか命のやりとりじゃんこれ。
この世界には回復魔法なんて便利なもんは……ねーんだ、ぞっ！

おぉ、これも受けられた。
結構息切れしてるな、俺。
なんかバトル漫画っぽいな。
お、相手も少し息切れしてる。
あれ、なんで剣しまうの？
終わり？　終わりか？

「ふむ……私の負けだ」

「そうだな、我もそう思う」

「レウスやる〜♪」


え、なんで？

圧倒されてたのは俺だぞ？


「私は力自慢でな……首に着けているスピードマスターの魔石以外は、全てパワー系だ」

道理で重いわけだ。

「それに、このバスタードソード」

かっこいいよな、それ。

「硬化の魔石とスピードマスターが入ってる」

硬化……なんで硬化を入れるんだ？

あぁ、剣の硬度が上がるのか。

それでユグ剣とも張り合えるのか。

そういう使い方もあるんだな。

勉強になる。さすが勇者。

「これだけ着けて、やや私が有利……。これに対し、レウス君は魔石無しだ。そのユグドラシルの剣にも魔石が入っていないのか？」

「ええ、まだ入れてません」

「……とんでもないな」

なるほど、魔石の恩恵フルでも差が出なかった事で、負けを認めたと。

……こういう訳だな。

あれ、俺、勇者になれるんじゃね？


「レウス君、君は今何歳かな？」

「11です」

「……2年後、勇者ギルドは荒れるかもな」

なんで2年……？

年齢制限があるのかしら？

聞いてみよう。


「2年？」

「勇者ギルドは成人からしか所属出来ないのだ」

この世界は13歳で成人なのか。

元服《げんぷく》ってやつか？

「そうなんですね」
「……勉強になったよ、世の中は広い」
「いえ、ありがとうございました」

こっちのセリフだわ。皆、つえーんだな。
んー、セレナは勇者になったばかりだしな。
実力的にはどれくらいの序列になるのかわからない。
セレナ先生の今後の活躍にご期待ください。
セレナはこの後少しだけくっちゃべって、ユグ葉を持って帰ってった。
うむ、美人だったな。

……ふむ？
魔石を装備すればレベル１５０が行けるのか。
今度、スンとマカオでユグダンジョンへ行こう。
危ないからキャスカに黙ってな。

「見事だったなレウス」
「チャッピー大先生のおかげだよ」

「大……、われ、だいせんせえ！☆」

……。


「レウス、約束通りイイコトしてあげる♪」

「いらない」

「あぁんもう、いけずぅ♪」

何をするつもりだったのか聞きたくもないな。


「レレレレレレウス！」

俺はそんなレレレのレウスじゃない。

「なんだよ？」

「そ、その……か、かっこ良かったぞ」

ちょっと照れるな。

キャスカはすげー真っ赤だけどな。

マカオがニヤニヤ笑ってる。

今日も良い馬刺し日和《びより》だな。

「スン」

「きゅ？」

「今度キャスカを置いて、マカオと三人でユグダンジョン行こうな」

「きゅー!!」

「よしよし」

「きゅぅうう」


天使だ。

キャスカを連れて行けない意味もわかってるみたいだ。


「レウス、内緒話はずるいぞ！」

「キャスカにも今度教えてあげるよ」

「本当かっ!!」

……ちょろいな。

けど、今度もう少し人を疑う事を覚えろと教えるか。

◆

◆

数日後。
魔石フル装備の俺、スン、懐中電灯《ライト》兼、護衛役のマカオ。
この三人でユグドラシルダンジョンに潜《もぐ》る。

思った通り、たくさん根が張っている。
マカオの光がいらない位明るいな。
スンが少し緊張してる。
周りの気配がそうさせてるのか。
確かに「100以上になってから」……だからな。
100が適正レベルって訳じゃない。
110かもしれないし、130かもしれない。
なんたって特硬化の魔石……レアである硬化の魔石の最上位魔石だ。
硬化の魔石、上硬化の魔石、特硬化の魔石って感じな。
つまりかなりレアだ。
ハズレない事を祈る。

「スンちゃん大丈夫よ、アタシが付いてるわ♪」
「きゅー!」

因《ちな》みに今日は、ユグ剣じゃなくて竜の剣（爪）《チャッピーの剣》を持ってきた。
臆病だし仕方ない。
魔石があったら、スンにあげるんだぜ。

とか思ってたらキモいのきた。
マカオと比べたらどっちがキモい？　と聞かれたら、マカオと答えるかもしれない。

でかいムカデだ。
身体が赤くて、キモい複数の脚は黄色い。
顔が二つありますね……ってか見た事あるな？
確かレベル表で、……名前は双頭百足《ダブルヘッドセンチピード》だな。
レベルは１１１。
レベル表の大体の魔物は把握出来てた。
しかし、こんな大きさだとは思わなかった。
チャッピーの３分の１位の大きさだな。
死なないように頑張ります！

「スン、左側頼む！」

「きゅ！」

「マカオはスンの後ろでスタンバイ！」

「は～い♪」


左側からスンが駆けてく。

まぁ、地面這ってだけど。

敵の動きは遅い。

俺は右側から跳んで頭を一刀両断……出来ちゃった。

１１１か……成長しとるな。


スンも凄い。

剣で斬れないと解《わか》ると、酸を吐いて首元に損傷を与える。

そして、その損傷部分から剣でちょんぱ。

弱くなった部分なら斬れると判断したのか。

頭良いな。

……うし、終わった。

こいつは確か……左右の頭に付いてる合計４本の触覚を、戦士ギルドに持って行けばＯＫだ。

触覚がキモチワルイ。虹色です。

なんか水に流れた油みたいな色。


まだ分かれ道に出てないから、切り取ってここに置いて行こう。

双頭百足《ダブルヘッドセンチピード》が出てきた穴から先へ向かう。

少し暗くなったが、まだ大丈夫だ。


なんかいた。

……ゴリラ？

紫色の毛のゴリラだ。


「あれは十手《じって》ゴリラね♪」


「じゅうて」と言わないのか。

大きさは地球のゴリラと変わらないんじゃなかろうか？

肌はピンクだ。なんかキモいな。

あれは？

……背中から合計８本の手が生えてる。
用途があるのか？
あと、普通の手で合計10本だな。
あぁ、だから十手《じって》か。
１、２、３、４、５匹だな。

「スン」
「きゅ」
「一気に駆けて奇襲だ」
「きゅ」

スンはホント頭が良い。
俺が小声で話すと、スンもちゃんと小声になる。
空気を読める奴って最高よ？

戦闘開始！
まず俺が先陣を切る！
すぐ見つかったけど、１匹はいけそう。

なんかゴリラの背中の後ろから、石が上がってきた。

なんだ、そんな手の使い方があるのか？

しかし、ここはユグ木のダンジョンだぞ？

石なんてあるわけがな……っ！

うお、あれ糞《ふん》じゃねぇか！

いや、マカオじゃない、ウン○だ。

かわす！　後ろに飛んでった！

よし、１匹斬った！

どうやら背中に生えてる一番下の手が、ケツから糞をすくい、背中の８本の手で上まで運搬するらしい。

で、普通の手がそれを受け取り、奇襲するってのがあいつらの戦法らしい。


……全部の手糞まみれじゃねーか？

もっと使い分けろよ。

しかし、あれはほぼ岩だな。

めっちゃ硬そうだ。

あいつらのケツ穴はどうなってるんだ？

俺なら血まみれになるぞ？

まぁ、かわせたし問題ない！

「あらやだ～、これ潰して顔に塗るとお肌にイイのよ～♪」

糞が飛んでいった方から糞《マカオ》の嬉しそうな声が聞こえてきた。

……。

「スン！」

「きゅきゅ！」

「聞かなかった事にするぞ！」

「きゅきゅきゅ！！」

スンが激しく頷いた。

スンにも糞が飛んでいく。

スンのお腹《なか》にだけ穴が開いて、通り抜けていった。

どうやらスンも当たりたくないようだ。

まぁ、当然だな。

「あ～、くるくるキちゃう～♪」

……。

よし、２匹斬った！

スンもスンアタックで1匹ぶっとばした。

頭がくちゃってなった。

あと２匹。


腕を振り回してる。

あの手にも触れたくないから……やはり首か。

すぐに背後に回る！

うぉ、一番下の手が糞持ってる！

手首のスナップで投げてきた。

はぇえ！　避《よ》けられたけど。

よし、首ちょんぱ！


「きゅっ！」

スンのユグ剣がかちあげられた！

マカオ呼ぶぞ。

「マ……っ！」


うおぉおおお！

スンの腹からランスだか棘《とげ》だかが飛び出て突き刺さった！


「やる～♪」

「きゅぅ！」

「スン、ナイスだ!!」

可愛い。

「スン、怪我《けが》は？」

「きゅきゅ！」

「よし、行こう」

「きゅ～」

「おい、マカ……っ」


俺が最後に避けた糞の方から、何かを足で潰してるような音が聞こえてくる……。その後に聞こえてくる何かを擦《こす》り付けるような音が……。

「スン！」

「きゅぅうう！」

「行くぞ！」

「きゅい！」

後ろの方から「あ～、若返る～♪」とか聞こえないから。

お前5000歳じゃねーか。

どれだけ若くなったって、あんまり変わらないだろう。

◆
◆

2回の戦闘でスンの緊張もほぐれたみたいだ。


あれからしばらく歩いた。

あれ……分かれ道がないな？

敵もほぼいない。

遭遇したのは、最初の双頭百足《ダブルヘッドセンチピード》、それに十手《じって》ゴリラ5匹。

その後に見かけたのは双頭百足《ダブルヘッドセンチピード》1匹だけ。

一本道なのか？

「そろそろ最奥《さいおう》かしら？」
マカオがそう言う。
鼻が利くのか、マカオの言う事は大体当たる。
今までのダンジョンがそうだったからな。
で、勘レベルだけど、俺も最近わかるようになってきた。
……そろそろボスだ。

はい、いましたボス。
なんかユグ木の根っこをペロペロ舐めてる……。
ベロンベロンってのが正解かな？
角《つの》が２本左右の額《ひたい》から出てて、色白というか白。
目は一つで、舌がめっちゃ長い。
結べそうなくらい長い。
身体が白くて茶色い腰巻き。
って事は恥ずかしさはあるのか？
身体は……でかいな、５メートルってとこか。
身長より少し短い槍《やり》を持ってる。

猫背で天井スレスレだ。

「般若《はんにゃ》オーガね」

マカオは魔物博士だ。

知らない魔物なんか皆無なんじゃなかろうか？

「ごわす」

喋った……。

「ごわすごわす！」

つまりそれだけってことだな。

驚かせやがって。

あ、やべ、見つかった。

「スン！」

「きゅ！」

「槍に注意しながら足を狙え！」

「きゅぃい！」

「スンは右、俺は左……ゴォー！」

「きゅぃい！」


そして俺達は駆け始めた……。

◆　◆

見かけ倒しってあるもんだな。

なんだあの白いの。

目が一つだから死角ありまくり。

スンが般若オーガの注意引いたら、俺の攻撃がクリーンヒット。

足ちょんぱだ。

そしたら俺の方向くじゃん？

スンの攻撃がヒットだよ。

そしたらスンの方向くじゃん？

俺が首ちょんぱだよ。

……あれだな、多分1対1なら結構手強《てごわ》い感じなんだろうな。

是非時間をかけて進化して、二つ目になるように祈ってるよ。

さて、最後の部屋に行くかね。

はい、最奥《さいおう》まで来ましたよぃ。
ビンゴ、当たりでございます。
特硬化の魔石ゲッツ！
これは後でスンに着けさせよう。

「きゅいぃぃいいい♪」

あ、天使だ。
さて、マカオの臭《くさ》い顔も洗わせたいし、帰るかね。
俺達は帰り際に、双頭百足《ダブルヘッドセンチピード》の触覚を、合計８本持ってダンジョンを出た。

◆　◆

第十三話　「激動」

そしてそれから半年が経った。

つまり12歳だ。


毎度お馴染《なじ》み、黄金魔石の話からしようか。

この前のレア運が嘘のように下位魔石ばかりだった。

しかし！

先月、つまり最新の魔石だな。

黄金魔石が黄金魔石を産んだ。

蛙の子は蛙だな！　意味違うけど。

黄金魔石は、剝《む》き出《だ》しの状態でも魔石が産まれるので、とりあえず俺の鞄《かばん》に入れておいた。


それ以外の魔石は売りました。お金は大事。

いつかユグ木にでかい家を建てよう。

……チャッピーなら建てられるんじゃないか？

ユグ木を積み上げて、頑丈な家が……。

よし、計画の中に入れよう。


さて、修行編だ。

まずスン。

特硬化の魔石により硬さがヤヴァい。

チャッピーの爪を防げるレベルだ。

そんなわけでチャッピーの顔攻略も間近なんじゃね？　って感じだ。

剣の扱いも上々だし、負けられないな。


次にキャスカだ。

右手が出て来て、相変わらず手こずっているが、日に日にチャッピーが苦戦していってる。

手数《てかず》も増え、胸を張って疾風のキャスカと言えるだろう。

神速になる日も近いのでは？

俺とキャスカの進展？

ねーよ。


最後に俺だな。

チャッピーの顔を攻略した。

今は俺が魔石無しで、チャッピーに魔石を着けさせて、顔モードで修行している。

チャッピーが速くなっただけで攻略が難しくなる。

中々に順調だ。

ここら辺のダンジョンはもうない。
全てクリア済みだ。
他の国のダンジョンが気になるけど、そんな足を運ぶ程でもないしな。
平和が一番だぜ？

さてさて、久しぶりのステータス紹介だ。
見たかった？　ねぇ、見たかった？
さぁ、見て！　ワタシの全てを見て頂戴っ！

◆パーティメンバー紹介◆

●名前：レウス　●年齢：12歳　●種族：ハーフエルフ　●職業：魔物使い（剣士）
●言語：人間言語／魔物言語／エルフ言語
●レベル：111
●装備：ユグドラシルの剣（常時）／竜の剣《チャッピーの剣》（爪）（緊急時）／丈夫な服（青）／ブーツ（黒）／硬化のバングル（左）／ハイスピードバングル（右）／ハイパワーリング（左）／スピードマスターリング（右）

●その他：大きな鞄／特製カンテラ／黄金魔石／青い魔石／黄緑の魔石／
パワーマスターの魔石／ユグドラシルの枝７本／革袋（財布：２１１万レンジ）
●技：斬鉄剣《ざんてつけん》

●名前：スン　●年齢：約８歳　●種族：スライム（緑）　●職業：レウスの親友《マブダチ》
●言語：人間言語／魔物言語／エルフ言語（どれも読み書き、ヒアリングのみ）
●レベル：１１１
●装備：ユグドラシルの剣／ハイスピードリング（尾）／特硬化のバングル（手形成時）／
ハイパワーネックレス（首？　頭？）
●技：酸／大盾《おおたて》／斬鉄剣／形態変化／スンスピア／スンアタック

●名前：チャッピー（スカイルーラー）　●年齢：約３００５歳（人間でいうところの13歳位）
●種族：犬《ドラゴン》　●職業：忠犬
●言語：人間言語／魔物言語／エルフ言語／他は謎
●レベル：測定不能
●装備：ハイスピードバングル（角《つの》）
●技：火炎《ブレス》／咆哮《シャウト》／尾撃《テイルアタック》

●名前：キャスカ・アドラー　●年齢：17歳　●種族：人間　●職業：神速《しっぷう》
●言語：人間言語／魔物言語　●レベル：64
●装備：ユグドラシルの剣／マント（赤）／シャツ（白）／ショートパンツ（青）／ブーツ（黒）／スピードリング（左）／ハイスピードネックレス（首）／硬化のバングル（左）／スピードバングル（右）
●その他：鞄／特製カンテラ
●技：斬岩剣《ざんがんけん》

●名前：マカオ（騏驎《きりん》）　●年齢：約5002歳（人間でいうところの28歳位）
●種族：オカマ　●職業：オカマ
●言語：人間言語／魔物言語／エルフ言語／他は謎
●レベル：測定不能
●装備：黄金のネックレス（首）／スピードリング（角）
●技：神速（本物）

あんま変わってないけど、双頭百足《ダブルヘッドセンチピード》を倒した俺とスンは、レベル111に。

スンが装備してた硬化のバングルはキャスカに渡してもらい、スンに特硬化のバングルを装備させた。

あとはキャスカのレベルかな？

ドラゴンボックスっていう身体《からだ》が立方体のドラゴンを、俺とスンの監督の下《もと》、キャスカに倒させた。

苦戦はしてたが、俺達の手を借りる事なく倒せたようで何よりだ。

まだ微妙なとこだけど、キャスカの魔物言語の読み書きがある程度のとこまでいった。

先生《スン》が言うには、キャスカが魔物言語で最初に書いた文字は、レウスだそうだ。

わろりん。


うん、平和が一番だ。

しかし平和っていうのはそうそう長く続かないって、地球の歴史でも証明されてたな。

その日、俺は一般人《ハチヘイル》とスンと一緒に、飯《めし》を食っていた。

そして、エヴァンスからユグドラシルの木に戻って来た直後だった。

寝てたチャッピーがいきなりガバッて起きて、下品な話ばかりしてたマカオが急に黙った。


「……」

「どうしたマカオ？」

「チャッピーどう思う？」

「そうだな……相当上の奴だな」

「そうよね……」

男だ……男が現れた。
背中から剣を下げ、漆黒《しっこく》のロングコートに包まれた男だった。
いや、身体つきから男と察するしかなかった。
顔は……なかった。
のっぺらぼうとかそんなんじゃなくて、首から上が文字通りなかった。

「闇王《おんおう》デュラハンね」
「大物だな」
「しゃべれないから面倒なのよ、あいつ」
「しかし、目的はわかるな」
「えぇ」

うん、俺にもわかった。
目にも見えそうな明らかな殺気……スンは震えが止まらないようだ。
気絶しないのが不思議なくらい……。

「レウス、スンを連れて逃げなさい……我達《われたち》が時間を稼ごう」

あぁ、なんかこんなシーン、どっかで見た事がある……。

でも……って言うと、

「でも！」

「さっさと行くんだっ!!　足手まといはいらんっ!!」


知ってた。知ってたよ……。

けど、言わずにはいられない。

この二人は俺の大事な友人だ。


「気持ちは嬉しいわよ、レウス……大丈夫、死にはしないわ」


こいつ、嘘ばっかり吐《つ》くよな。

声が震えてる。

俺は前に出るチャッピーとマカオの後ろで、震えるスンを抱えた。


「そうだレウス、それでいい」

「あ……ぁ」

喉がカラカラだ。

さっき水を飲んだばっかりなのに。

「この殺気の中で喋れるのは一人前の証《あかし》よ」

マカオも喋るのが辛そうだ。

いつも最後に付く「♪」がねーじゃねーか……。

「レウス」

「な……だ、ょ?」

うまく声が出ない。

「この5年間、楽しかったぞ」

「アタシも2年間だけど、楽しかったわよ?」

どいつもこいつも馬鹿ばっかじゃねーか。

死亡フラグ連発だろ……。


「行けレウス！」

「またね♪」

「……くっ！」


全力で走った。

デュラハンと呼ばれた男が、俺に向かって駆けようとした。

「あら、用があるのはあの子なの？　少しアタシの相手もして頂戴♪」

デュラハンの正面に神速で動いて現れたのはマカオだった。

そしてマカオが「あの子」と言った理由もすぐ理解出来た。


なんで俺が狙われてるんだ!?

それに気付いたマカオが、俺の名前を伏せたんだ。

普段は馬鹿な癖に、なんでこんな時だけ冷静なんだよ……。

「あの子に手出しはさせせん……あれは……」

俺は足を止めた。

チャッピーが言うセリフがわかったからじゃない。

俺がそれを言いたかったたからだ。


「チャッピー!!　マカオ!!」

「「……」」

「お前達は俺の大事な親友だ!!　死んだらぶっ飛ばすからな!!」


チャッピーが顎《あご》を上にあげ「行け」と促してきた。

力が入らなかったが、足は動いた。

いつもの半分以下のスピードだ。

けど動いた。


走りながら気付いた。

顎の先端が少し痒《かゆ》くなった。

走りながら剣を持っている左手の甲で擦《こす》ると、そこには水滴が沢山付いていた。

そう、俺は泣いていた。

止まらない涙を見てスンが心配そうな目で見てる。
大丈夫、空の支配者と伝説の霊獣だ……。
そう思いながらも、身体の震えは止まらなかった。
震えながら走った。
泣きながら走った。
あいつらの無事を願いながら走った。
あいつらとの日々を思い出しながら……。

◆

◆

——聞いたかマカオ？
——聞いたわよチャッピー。
——我を親友だと言ってくれたぞ。
——あら、アタシもよ？
——我は魔物だぞ？
——あら、アタシもよ？
——12歳のハーフエルフの子供が、我を親友だと言ってくれたぞ。
——あの子はもう一人前よ。

——フフ、そうだったな……。

——うふふ、生きて帰らなきゃね♪

——無論だ。

——………。

——行くわよ!!

——参る!!

◆

◆

俺が走って来た方向から、凄まじい轟音《ごうおん》が鳴り響いた。

俺はその轟音に押されるように足を加速させた。

頼む……死ぬな!!


10分程走って着いたのは、さっきまでいたエヴァンスだった。

どこに行けばいい……?

いつの間にか降り始めた雨の中を彷徨《さまよ》い続け、緊張の限界だったのか、俺はその場で倒れた。

どこで倒れたかなんてわからない。

道端《みちばた》……それだけだ。

「きゅきゅう！　きゅーきゅきゅ!!」
スンがめっちゃ慌ててる。
こいつはホント凄い。
最弱のスライムがレベル１１１だぜ？
奇跡だよ。いや、奇跡って言葉で済ませたら、スンの努力に対して失礼だ。
俺は知ってる。スンが努力した日々を。
俺は知ってる。スンが俺と共に歩んだ日々を……。
……スンの声がどんどん遠くなって行く。
行くな、スン。
俺を一人にしないでくれ……。

涙が止まらない。
一人は嫌だ……。
ドンもアンもピンも……チャッピーもマカオも。
俺のそばからいなくなってしまう。
この上、スンまでも？

……嫌だ！

スン……。

「きゅー、きゅきゅー！」

スンの声だ。
俺は動けない。
声も出ない。
涙と雨でスンの姿もぼやけて見える。

「……レウス！　おい、レウス!!」

誰だ、俺の名前を呼ぶのは？
聞き覚えのある声だ。
大丈夫か？
声が震えてるぞ？
何で泣くんだ？

あぁ、この泣き声には聞き覚えがありすぎる。

「……キャス……カ？」
「レウス！　レウスレウスレウスレウスレウスレウス!!」

そんな長い名前じゃねーよ……。
相変わらず涙と鼻水で顔がぐしゃぐしゃだ。
けど……なんか可愛《かわい》いんだよな。
おい、苦しいぞ。
そんなに抱きつくな。

「レウスゥ……どうしたんだよぅ……。あんなに強いレウスが、なんで泣いてるんだよぅ……」

俺が強い？　ありえない。
チャッピーに勝てないんだぞ？
マカオに勝てないんだぞ？
……その二人が今戦ってるんだぞ？
俺とスンを生かす為に……。

「うぅ……」

「レウス……苦しい……」

「うぅ、うぅううっ」

「レウス」

「きゅぅ……」

「うぅううう、うっ、うぅうううう」

「口から血が出てる……。……いいんだよ、レウス。泣きたい時は、大声で泣いていいんだよ……」

「っ！　……うぅう……ぁあああっあああぁあああ!!　うぁあああ、あっあぁあああ!!」

「……よしよし」


泣いた。

喉が痛くなる程泣いた。

キャスカはずっと優しく抱きしめてくれていた。

泣かずにずっと頭を、背中をさすってくれた。

スンは隣で一緒に泣いてくれた。

黒い目から沢山の滴《しずく》が流れていた。

俺は……弱い。

そこから先は覚えてない。
どうやら気を失ってしまったみたいだ。

◆　◆

「きゅきゅ……」

ん？

「きゅぅ……きゅ！」

スンか。

「きゅー！　きゅっきゅっきゅ……」

出て行っちまった。

大丈夫、あれは夢だっただとか、そんな事は考えてない。

寝てスッキリした……俺は弱い。

だから強くなる。

最初と一緒だ。


ただ、目的が出来ただけだ。

出来れば死にたくないだとか、そんな自分の為の話じゃない。

スンもキャスカもチャッピーもマカオも一般人《ハチヘイル》もビックスもトッテムもダニエルも……。

人を守れる程強くなりたい。

ただそれだけだ。


漫画かよ……。

でもこれは現実だ。

やらなきゃいけない。

神に頼む時に、不死身で最強って付け加えておけば良かった……。

後悔しても仕方ないけどな。

頭脳明晰《めいせき》、運動神経抜群、イケメン、長寿、良い家柄。

確か頼んだのはこれだったな。

確かに端整な顔立ちだ。

……使えるのかこれ？

良い家柄……そうそうに孤児だぞ？　神よ。

長寿……２０００年な。

キャスカがおばあちゃんになって先に逝《い》くな。

摂理とはいえ寂しいぞ？

頭脳明晰と運動神経抜群。

目立ったカードはこれだけだな。

これを出来る限り使って頑張らなくちゃな。

ん……なんかドタドタとうるさい。


「きゅー！」

「レ、レウス!?」

「どうもレ、レウスだ」

「おい、怒るぞ！」

「怒った顔も可愛いぞ、キャスカ」

「なっ、……ぬぅっ」

「話はスンから聞いたな？」

「……うん」

「きゅきゅ」

「力の差は歴然だ、今の俺にはどうにもならん」

「……」

「きゅぅ……」

「強くならなきゃならない」

「うん！」

「きゅ！」

「あの後、ユグドラシルの木に行ってみたけど……誰もいなかった」

「行ったのかっ!?」

「う、うん」

「スン、なんで止めなかった！」

「きゅぅ」

「スンは悪くない、私が勝手に行ったんだっ！」


まったく……。

しかし、腹は決まったな。

でもなー。

怒るかな？

怒るよな……。

しょうがないか……。


「旅に出る」

「わ、私も行くぞ！」


そう言うよな。

テンプレじゃねーか……。

まぁ、キャスカだしな。


「だめだ」

「なっ」

「キャスカと……スン、お前もここに残れ」

「きゅ!?」

「1年に一度戻って来る。その間、チャッピーやマカオがここに来て、誰もいなかったらあいつらが困る」

「きゅきゅ、きゅきゅきゅきゅきゅきゅー!!」

「スン、キャスカを助けてやってくれ。お前にしか頼めない」

「……」

「きゅぅ」


沢山の敵と戦って、沢山のダンジョンに潜《もぐ》って、強くなって、レア魔石で装備を固める。

単純だけど間違ってない。

もう師匠達《チャッピーとマカオ》はいないんだ。


「準備をする」

「か、勝手にしろっ!!」

「スン」

「きゅぅ?」

「今からキャスカが泣き始めるから、傍《そば》にいてやれ」

「きゅぅ……?」

「まだ出て行かないよ……さ、行っておいで」

「きゅー!」

すまんな……スン。

俺はその日のうちにエヴァンスを出て、チャベルンでダニエルに話をし、更に西を目指した。

あとがき

まずは、『転生したら孤児になった！魔物に育てられた魔物使い（剣士）』をご購入頂きありがとうございました。ＷＥＢ版からの書籍化のお話を頂いた時は本当に驚きました。

とまぁ、テンプレートはここまでで……この度《たび》、アース・スターノベル創刊に伴い、そのメンバーに加えて頂いたのは非常に嬉しく、光栄の至りとも言うべき事です。

しかしながら「これでいいの!?」という個人的感想があったことは否めません。事実、書籍化の初打ち合わせの際に「すいません、本当にこんなので良いんですか?」と聞いてしまった程です（苦笑）。

勿論《もちろん》、それはこの作品を評価して頂いた方々に、失礼に当たってしまうという事ではありますが、私にはそれ程信じられない話だったのです。

そして打ち合わせ当日に、色々とお話を進めていく中で「好きにやってください」というお言葉を頂き、「可能な限り好きにやろう」と決意しました（笑）。

さて、WEB版でよく言われていたのは「改行が多い」の一言。

事実、自身の推敲《すいこう》を通しても「これが限界かー」という部分が気がかりでした（笑）。

実際読んでみたら……「改行多いな！」とセルフツッコミをする程に多かったです。

テイストとしては、「文字嫌いでも読める漫画のような小説……いや、むしろ漫画じゃね？」という感じで書いていました。

人間の生活の中で物語になるお話というのは結構少なく、日常レベルの会話というのは、文字数で表すと非常に少なかったりします。

質問に対する返事、独り言、これらが劇的に長くなるというのは中々有りえないのではないか？と考えています。だからこそ、日常会話レベルで劇的になったら面白いんじゃ？という結論に至り、こういった作品が生まれたんですね。

しかし、書籍化ともなるとそうはいかない！そう思いまして、編集Y様の多大な協力の下《もと》、完成したのがこの本となります。推敲作業に伴い、私も何回も目を通した感想がこちら！


「あ、改行多いし、下半分真っ白じゃん」


ご購入頂いた方には申し訳ないの一言ですが、「改行の遊び」をふんだんに使っているこの作品では、中々に難しい部分が多く、試行錯誤しました。

WEB版を知っていらっしゃる方もいると思いますが、これでもかなり、そう、かなり削ってたりします（苦笑）、という感じで、自虐ネタを含めて、私個人の作品への感想でした。

さて、物語はレウスが死に、転生《てんせい》するところから始まります。

五枚のカードといえる特典付きの転生だったのにもかかわらず、不遇なレウスの扱い。

いきなり野生児です。大人の強さがあったからこそ乗り越えられる所、そうでない所。

しかし、レウスの持ち前の明るさ、ポジティブかつ軽快にテンポ良く進んで行く中で出会う、スンとチャッピーという魔物。この二人、最弱クラスの魔物と最強クラスの魔物ではありますが、互いに認め合い友情を育《はぐく》んで行きますね。

そこにキャスカというちょっとボケてて可愛《かわい》い鼻水キャラが登場します。

ちょっとした裏話ですが、キャスカは本当は普通に可愛い子を目指していました。

しかし、レウスパウダーにスンソース、チャッピースパイスが加わって…………気付いたら神速の鼻水が！　キャスカと鼻水は、いつしか切っても切れない関係にまでなりました。本当に皆さんのおかげです（笑）。

スンはそうですねぇ……やはり、レウスの親友というより、パートナーに近いのかもしれないですね。ただ可愛いだけじゃなく、レウスと共に育ち、レウスを支えてくれるような、そんな存在です。レウス自身がそう感じている描写も、たくさんありますね。

スンを書くに当たって困った事は、「きゅ」のバリエーションですかね（苦笑）。

どうすれば読者様に気持ちが伝わるのか、どうすれば他のキャラクター達に気持ちが伝わるのかを一生懸命に考えました。言葉に出来ない部分の表現の難しさを攻略する事に比べれば、チャッピーなんて……。

いえ、チャッピーも大変でしたよ？

ただ、彼は素直過ぎる部分があるので、それが読者様にどう影響を与えるか心配でした。

そしてそれが杞憂《きゆう》だった事にすぐ気付きました。チャッピー大人気でした（笑）。

これがギャップ効果!?　これが空の支配者の真の力!?　等、思った事もあったりなかったりです。

それがわかると、素直すぎるゆえ、一番書きやすかったですね。

この一巻を読んで頂いて、チャッピーのレウスへの愛がわからない方は、もういないはず！　そう信じております。

そして途中参戦のマカオ。キャラが濃いの濃いのって……。

あれだけはっちゃけてるレウスが、もしかしたら一番キャラが薄いのかもしれません。

薄くて不遇な主人公！　なんて可哀想《かわいそう》（笑）。

さて、マカオは、ユグドラシル一家の母性として登場させました。

父性はチャッピーの予定なんですけど、皆さんどうでしょうか？（笑）。

レウスに負けている感じが否めませんが、父＝チャッピー、母＝マカオ、仲良し兄弟のスンとレウス………そしてチャッピー！　そう言えばこれって、マカオの話なんですけど、覚えていらっしゃいますか？　私はすっかり忘れていました（苦笑）。

そんなこんなで、マカオはオカマを全面的にアピールしていますが、非常に優しい存在として書いておりますので、是非是非マカオの応援も宜しくお願いします。

纏《まと》めると、男だけのユグドラシルメンバーの中では、キャスカが薄い事になってしまいます。しかし、彼女も負けてはいませんので、鼻水をかんで次巻（出せれば）をお待ちください。

レウスのツッコミとボケ、スンの愛嬌《あいきょう》、チャッピーの無邪気さ、キャスカの愚直さ、マカオの気持ち悪さ（苦笑）が一体となって、この転生孤児ワールドを盛り上げてくれると信じております。

そして、この強烈なキャラクター達に、《イラスト》という命を吹き込んで頂いた濱元《はまもと》さんにはこの場を借りてお礼申し上げます。

レウスがイケメンで可愛い！　スンが愛らしい！　チャッピーがごつくてデカい！　マカオが無駄に（良い意味で！）カッコいい！　あれ、キャスカがパッと見、ヒロインに見える!?　という私の率直な感想でした（笑）。

また、編集作業に協力して頂いた編集Yさんにも、感謝の念に堪《た》えません。

実は編集YさんのYのイニシャルは名前の部分のYだったりします。そして数ページめくると、奥付には編集Yさんの実名がっ！　因《ちな》みに彼は、WEB版では名前がちらほらと出てたりします（笑）。

最後になりますが、改めて『転生したら孤児になった！魔物に育てられた魔物使い（剣士）』をご購入頂き、ありがとうございました！

これからも是非とも宜しくお願い致します。
二巻の《あとがき》にて、お会いできれば幸いです。
ではでは!!

壱弐参《ひふみ》

絵をかいたん
濱元たん
あとがき
今回のおもいで
今作にはチャッピーというめっちゃでかいドラゴンが出るということで事前準備であれこれ資料を集めました。
はちゅうるい系のイベントに行ってみたり
ヒィ～ コワイィ～
本をかったり
ヒィ～ リアル～
ドラゴンのかきかた
お友達の飼ってるトカゲを見せてもらったり
ヒィー デカイ～
そしてカッコイイ（自分で言う）チャッピーが出来ました
※デザインラフより
レウス
編集
もっといつものデフォルメ絵で・え・えんやで
はぁ そっすか
カラマワリー！
終

というわけで改めまして
今回挿絵を担当させて
いただきました濱元隆輔です。

「転生したら～」では沢山の
登場人物が出てきて、世界観も
ファンタジーでとても楽しく
描かせていただきました！

壱弐参先生の描く世界観は
大好きなライトファンタジーで
こういう世界に自分も転生
したいなーと妄想してしまいます。

まあ私の場合初日で
ゲームオーバーに
なりそうですけど！
（レウスくんマジチート）

ではまたお会いできる日を！

Ryumoto
2015

P.S.
初めて描いたオカマキャラがマカオでした！

おっさんがびじょ。
AKIRA & ISATO
1
"わるもの"を始めよう!
山田まる
MARU YAMADA
藤田 香
ILL. KAORI FUJITA
ゲームそっくりな異世界へ召喚された秋良。
一緒に召喚された相棒のダークエルフ"おっさん"は、
本当は4歳年上の美女だった!?
大切な人々とこの世界を、俺たちが救う!
二人の"わるもの"な大暴れが始まる!!!

発売即重版の人気作！
山田まる先生と
藤田香先生 コラボによる
異世界召喚ファンタジーの
決定版！

天然で、何を考えているか判らない
黒髪の美少女パエリア。
彼女は、
ぶっちぎり最強の
大魔王だった!?
大魔王が倒せない
Nobody beat DAIMAOH!
3月13日
2巻発売
!!!
1 大魔王対大魔導師
2 大魔王対勇者
藤孝剛志
Tsuyoshi Fujitaka
イラスト・瑚澄遊智
Yuuchi Kosumi

勇者や神官や魔法使い、
そして魔族と悪魔。
藤孝ワールドの原点が、
華麗なる絵師・瑚澄遊智との
コンビで書籍化。
web連載版から大幅に加筆、
美少女大魔王、快進撃です!!!
2巻では
テデスコさんも
登場です！
「小説家になろう」発、大人のエンターテイメント。
EARTH STAR NOVEL

EARTH STAR NOVEL

転生したら孤児になった！ 魔物に育てられた魔物使い（剣士） 1

発行 ―――― 2015年3月13日 初版第1刷発行

著者 ―――― 壱弐参

イラストレーター ―――― 濱元隆輔

装丁デザイン ―――― かがやひろし

発行者 ―――― 幕内和博

編集 ―――― 池島幸大

発行所 ―――― 株式会社 アース・スター エンターテイメント
〒150-0036 東京都渋谷区南平台町 16-17
渋谷ガーデンタワー 11F
TEL：03-5457-1471
FAX：03-5457-1473
http://www.es-novel.jp/

発売所 ―――― 株式会社 泰文堂
〒108-0075 東京都港区港南 2-16-8
ストーリア品川 17F
TEL：03-6712-0333

印刷・製本 ―――― 株式会社 光邦

ISBN 978-4-8030-0704-6